COLLECTION FOLIO

Fabienne Jacob

Corps

Gallimard

Née en Moselle, Fabienne Jacob a été enseignante aux Comores. Elle vit et travaille aujourd'hui à Paris.

À mon père, où qu'il soit

1

Quand tout aura disparu, il restera cela. Pouvoir éteindre une lampe. Le pouvoir de faire le noir. Ça n'a l'air de rien. Crac ! d'un coup la pièce disparaît. Le pouvoir de faire disparaître. J'éteins les lampes les unes après les autres, abat-jour, plafonnier. Je ferme la porte et sors dans la rue. On peut me voir de dos, une silhouette en imperméable beige sur un trottoir mouillé, une ombre. Une silhouette de plus en plus petite, bientôt mangée par la nuit qui vient. Le jour j'ai mon importance. Que puis-je pour vous ? À quelle heure cela vous arrange-t-il ? Mais la nuit. Livrée au bruit de la rue, aux klaxons, à l'hiver. Aux indicateurs de Dow Jones, Nikkei, hedge-funds, clôture à la baisse, Francfort, Londres. Livrée à Natascha Kampusch, son fichu sur la tête, kolkhozienne amoureuse de son ravisseur, syndrome de Stockholm, à Florence Rey avec son Audry, quel nom !, un meurtre de chauffeur de taxi et une licence de lettres modernes à eux deux. Au tournoiement du monde on pourra toujours opposer le geste d'éteindre. Faire le noir.

Les parents ont en tête de ces choses quand ils donnent un nom à leur enfant. Dans la vie de leur enfant tout changera toujours, pas le nom. Les parents choisissent même s'ils savent que c'est pour toujours. Monika c'est mon nom. À quoi ont pensé les miens en m'appelant Monika. À la Suède ? Pourquoi ils ont préféré le « k » au « c », ils ne sont plus là pour répondre. Trop tard pour les origines il ne reste que l'avenir. J'avais encore tant de questions. Quel film ? Quelle revanche ? D'autres, c'est Jessica, Jim. Quel marin ? Quelle blondeur ? De ces choses dans la tête. Les miens se sont offert un « k ». D'autres, c'est un « y ». Henry. Mon nom est un nom de fraise sauvage dans une clairière. Pas loin de la clairière il y a une plage blanche bordée d'une sorte particulière de pins qui ressemblent à des bouleaux.

Grâce à mon nom, je connais bien la Suède sans jamais y être allée. Je connais le nom déjà. Suède. Quand on le prononce, on se retrouve sur une plage de là-bas, il y a des dunes et du sable presque blanc, il y a aussi une sorte d'arbustes, des résineux petits et penchés. Il y a du vent, un vent assez doux mais un peu froid. La plage est bordée de cabines de bain rayées comme si on pouvait se baigner mais on ne peut pas. Et puis il y a cette lumière blanche propre à ce pays. Une lumière du Nord. Parfois quand on est en Suède, on pourrait croire qu'on est déjà mort. Quelque chose qu'on aime prononcer dans ce nom, quelque chose qui glisse. La lumière d'hiver est par là entre le « u » et le « è ». Quelque chose qui glisse et qui est blanc dans le nom Suède oui quelque chose de mort quand on y pense. Donc même si je ne viens pas de là-bas, à force d'avoir entendu le nom, je viens quand même de là-bas, de là où le vent est doux mais froid. Là où poussent des sortes de résineux dont on dirait que ce sont des bouleaux mais ce n'en sont pas. Là où sur la plage il y a des cabines de bain alors que pourtant on ne se baigne pas.

En réalité, l'endroit d'où je viens n'existe plus. La ville où je suis née n'a rien à voir avec celle d'aujourd'hui, bien qu'elle n'ait pas été rayée de la carte, qu'elle n'ait pas été submergée. Il n'y a eu aucune guerre. Encore que. Une ville où les gens ne travaillent plus est comme une ville après la guerre. Elle n'est plus régie par les sorties d'usines, de bureaux. Même d'école. Les gens qui avaient des enfants sont partis. Ceux qui restent n'en ont pas. Au lieu d'avoir des enfants, ils ont du temps. Ils ne sont plus jamais pressés de rentrer chez eux. On ne sait pas comment on le voit mais on le voit. Ils cherchent des excuses pour ne pas rentrer. Ils cherchent et ils trouvent. Dans les rues le vent soulève les derniers papiers gras qui traînent encore. Quand il n'y en aura plus, ce sera la fin. Les derniers magasins à rester ouverts sont des solderies. À l'intérieur il n'y a que des bacs où l'on vend des articles bradés, en vrac, des tissus mous, des tissus qui ne se tiennent pas, des vêtements sans coupe, des acryliques, pas de la bonne qualité. Dans les vitrines, rien, aucun vêtement sur cintre, seulement des lettres en grosses capitales orange. « Prix cassés. » Parfois il nous faut deviner ce qui est écrit, certaines lettres peuvent manquer. Les cafés, pareil. Ils sont fermés ou alors vides. Les rares clients à continuer de les fréquenter sont des poivrots, des tocards, des gens avec de mauvaises dents, des jambes maigres, des pupilles brûlantes qui leur mangent la moitié du visage. La vie ne les brûle plus que là-dedans, dans le globule de leurs yeux brûlants. Des gens qui ont l'après-midi devant eux, ils peuvent passer des après-midi entiers au café à faire quoi, renâcler la même pensée rance, ils savent plus très bien s'ils la ruminent par la bile ou le cerveau, leurs organes fonctionnent sur la réserve. Les clients des cafés sont comme leurs organes, entamés. Ils peuvent rester là des journées entières, personne leur dit rien. La ville est sans rythme, elle est régie par un temps égal et mou. Un temps mort.

Le corps est la dernière chose qui nous reste. Le corps est la première et la dernière chose, de la naissance à la mort on a le même. Il change pas quoi qu'on en dise. Ne croyez pas ceux qui disent le corps change. Il change pas.

C'est le nôtre malgré les années malgré ce qu'il a vu, subi, même si c'est un autre, c'est malgré tout le même de la naissance à la mort. Mon vrai corps est resté dans la ville qui n'existe plus. Mon corps qui a froid, qui a peur. Mon corps qui court, nage, mon corps qui transpire, désire. Dans la ville où je vis aujourd'hui on a pas besoin de corps. Les magasins remplis d'articles parent aux besoins, avant même que le corps réclame, avant même qu'il ait eu le temps d'avoir froid chaud ou peur. Les habits sont accrochés à des cintres, 100 % alpaga, chemises en coton épais, vestes doublées. Leur corps leur sert à rien aux gens d'ici. Les cafés sont remplis de gens pressés dont les pupilles brillent mais ne brûlent pas.

Parfois je redeviens une Polonaise au bord d'un champ de patates, accroupie dans un sillon de terre brune, les mains pleines de terre séchée, la terre quand elle sèche et qu'elle se colle sous les ongles, elle change de couleur et de texture, une poussière bistre et dure. Derrière moi les sillons d'argile à perte de vue, la terre est grasse et brune, une femme noire avec les cuisses ouvertes sur des pépites jaunes et nous, on est des chercheurs d'or accroupis dans le tropique de nos genoux.

Parfois mon corps d'en dessous resurgit. Quand ça arrive ça ne prévient pas. Je ne m'y attends pas ça vient. Là où gît l'élan, l'origine. On redevient un chat, une bête sauvage, un tigre. On approche sans bruit on avance doucement, le silence des pattes comme un moteur, doucement, doucement, une patte après l'autre. S'arrêter écouter puis repartir soudain vers où vers quoi. Vers où seuls les chats et les tigres savent. La nuit solitaire du corps, le continent noir, là où on n'oubliera jamais, le magasin de stock. L'éternité vers où seul le corps sait. Le moindre muscle tressaille, se tend, archi-prêt, tout marche bien, le moindre pas, chaque pas, une patte puis l'autre, doucement, doucement, déliée, tendue, une perfection le corps quand il marche bien.

Je me retrouve dans les nuits d'hiver avec l'aboiement des chiens autour des fermes et la plaine alentour. À l'heure, six heures du soir, où il faut que ça beugle. Les fermes solitaires dans les plaines de novembre quand elles se replient sur elles-mêmes. La brume est un fantôme qui laisse derrière lui des traces humides de bruit blanc. L'heure où les hommes rentrent chez eux ferment les portes. Alentour les aboiements des chiens figés par la brume trouent l'heure, six heures du soir en hiver. Une heure en novembre où il vaut mieux ne pas être seul. L'hiver leur sort de la gueule, aux chiens et aux hommes. Les hommes rentrent chez eux gourds, ouateux, gorgés de froid. Le lendemain ils sortent à pas d'heure. Ils se tiennent, hirsutes, sur le perron de leur maison en bois à des deux, trois heures de l'après-midi. Ils sortent de chez eux, toussent un bon coup, se raclent la gorge des clopes de la veille, puis donnent une tape à l'encolure de leur chien. Le geste est rude, le visage, ankylosé de la nuit. Ils portent une veste de treillis militaire, des colosses murés dans le silence des lisières. De temps en temps ils lâchent une phrase « Va y avoir l'orage. Faut rentrer l'herbe ». Ils s'économisent ne parlent jamais pour rien dire. Ils se réveillent à pas d'heure de leur soûlerie de la nuit, les cheveux et la barbe de mauvais poil, leur lit qui schlingue encore la gnôle de la veille. Un mètre quatre-vingts de nuit pas tout à fait passée. Laconiques comme pas deux. Ils ont de beaux noms qu'on peut dire pendant l'amour, la langue s'attarde vers la fin, que c'est beau Piotr Andrzej. Qu'on peut faire rouler dans la gorge comme une eau-de-vie, Andrzej Piotr. Quand on prononce les noms ça réchauffe les endroits par où ça passe, palais œsophage ventre. Les hommes on a parfois la chance de les apercevoir à la lisière des bois, là où finit le chemin de la prairie. Ils vous ouvrent la porte et vous font entrer dans la grande pièce du bas. Laconiques gourds comme pas deux, Piotr Andrzej.

Aux femmes d'ici leur corps ça leur sert à rien, qu'à venir à l'institut, à aller voir les docteurs. Ça leur sert à prendre des cachets, des poses. Jamais je serai comme elles, d'où elles viennent, elles savent plus, au passage elles ont oublié. La ville où elles vivent engouffre les origines et les saisons. Les femmes d'ici sont dénaturées, elles sont pas belles je les trouve pas belles. Aux corps des femmes d'ici il arrive que de pauvres petites histoires. Je connais le corps de chacune. La femme du boucher. Chacune.

2

J'ai toujours aimé les femmes à la peau très blanche. Les femmes d'ici, à la peau hâlée, sont suspectes. Je ne les prends pas au sérieux. Leur corps n'est pas le leur. Ce ne sont pas elles, c'en sont d'autres. Quand celles qui sont hâlées se mettent nues, elles ne sont pas vraiment nues. Il reste encore quelque chose à enlever, leur vrai corps n'apparaît jamais. La nudité je ne peux me la figurer que blanche. Peut-être à cause du pays d'où je viens, peut-être à cause du pays d'où je ne viens pas, les plages blanches la lumière d'hiver. La plus blanche de toutes est la femme du boucher. Été comme hiver, blanche et marbrée. On dirait toujours qu'elle a froid. Pourtant à l'institut les températures sont prévues pour des personnes déshabillées. Quand elle enlève ses vêtements on le voit elle a froid. Dans sa boucherie elle est la même blanche et absente.

À l'entrée de la boucherie on commence par le chaud. Dans la rôtissoire des volailles grillent autour de l'axe d'une tige métallique. Le bas du gril recueille un jus jaune et gras qui s'égoutte des carcasses. Après seulement on entre dans le domaine du froid, la vraie boucherie. Les murs et le sol sont carrelés de blanc. Dans les plats la couleur de la viande va du rose presque translucide au brun-noir en passant par les carmins. Les rouges veinés jettent parfois des éclats plus sombres, des bruns. Dans l'un des plats, il y a des foies, d'un marron presque noir, entourés d'une pellicule de matière brillante, flasque, qui évoque une fine poche remplie à ras bord. C'est un organe, une poche vivante qui palpite encore. Les autres morceaux, plus roses, plus pâles, sont de la viande morte, des muscles, pas des organes. Par rapport à ces derniers, les muscles paraissent placides, inoffensifs. Morts. Derrière le comptoir, les pièces sont posées sur des plats décorés de guirlandes de feuilles en plastique vert. Dans chacune d'elles on a piqué un petit écriteau qui indique le type de viande et son prix « Épaule d'agneau : 24 € le kg ». Parfois le fond du plat dégorge une petite flaque de liquide rouge, du sang clair.

Par terre on pose ses pieds poisseux sur un carrelage gras, parsemé par endroits de copeaux de sciure. À la boucherie, il y a toujours du monde. Surtout les samedis. La queue déborde parfois jusque sur le trottoir. Ils sont deux, le patron et son second. Il y en a aussi un troisième, un très jeune homme, un apprenti, à en juger par le temps qu'il lui faut pour emballer la viande dans le papier brun. Pendant que les deux autres vous l'enroulent en un tour de main, lui s'y reprend à deux ou trois fois. Ses gestes n'ont rien d'assuré. Sa parole non plus. Les deux autres vous servent du « Ça ira comme ça ? », lui marmonne dans sa barbe un « Autre chose ? » hâtif, peu convaincant. Le patron appelle ses bonnes clientes par leur nom, alors que l'apprenti ne sait jamais trop comment s'y prendre avec les personnes qu'il voit tous les jours. Il ne rajoute ni monsieur ni madame ni rien. Il est plus à l'aise avec les clients occasionnels, ceux à qui on ne doit rien, pas la moindre conversation. La découpe, pareil. Les deux chefs plongent leurs mains dans les plats, saisissent la pièce, l'étalent de tout son long sur le plan de travail, attrapent dans la foulée un grand couteau, de ceux qui font peur aux petits enfants dans les livres d'images et hop ! coupent dans un geste net, sans bavure. Le jeune, lui, a des états d'âme, cherche le bon endroit pour taillader, hésite, tarde, puis finit par découper dans un geste approximatif et lent. Les jeunes, paraît-il, ça veut plus bosser dans la viande. Les bouchers trouvent plus personne pour le faire, leur métier. Ils cherchent du monde, mais ne trouvent pas. Ils mettent des affiches partout, téléphonent aux agences Pôle Emploi, personne se présente. Les jeunes aiment mieux vendre de la fringue ou du téléphone portable. On se salit pas et puis les horaires aussi sont nickel. Après l'heure, c'est fini ciao on peut penser à autre chose. Pour les filles, pareil, ça le fait pas, boucher.

Les deux chefs ne se sont pas posé la question, les filles étaient peut-être moins regardantes à l'époque. Ils étaient devenus bouchers, et puis voilà aujourd'hui ils étaient derrière le comptoir sans question sans réponse. Ils s'activaient de plus belle, allaient d'un bout à l'autre, plongeaient dans les plats, en ressortaient de belles viandes écarlates, ne cessaient de couper, emballer, peser et au passage trouvaient même le temps de faire une plaisanterie. Après avoir emballé dans le papier brun, ils s'essuient les mains sur leur tablier en vichy bleu et blanc. Le sang fait des traînées sur le tissu. Les deux patrons sont bruns, de solides gaillards taillés dans le même tonneau râblé. La face est joviale et le teint fort. Sans doute l'effet de la viande qu'ils ingurgitent. Ils doivent en manger beaucoup. Tous les jours, deux fois par jour. Peut-être même que ça joue sur le tempérament. Le jeune, lui, a le teint plus clair, il est presque blanc, du moins sur la partie du visage qui n'est pas couverte d'acné. Ses doigts sont frêles, diaphanes, on dirait ceux d'une fille. Les deux autres ont les doigts courtauds et violets. Forcément avec le froid et le contact avec la viande. On leur voit bien les doigts quand ils plongent dans les plats pour en extraire les morceaux. L'alliance un peu boudinée à l'annulaire et sous les ongles des raclures d'une matière pourpre. Les yeux suivent le trajet des doigts qui plongent dans les plats, puis remontent sur le comptoir où sont posées deux grosses cloches qui ont orné l'encolure de deux Salers. Les bêtes aux pâturages ont dû être grasses, belles. Presque irréelles tant elles étaient ralenties et lourdes. Fixant le monde de leurs yeux de velours amène. Sur le mur, un panneau annonce : « Ici agneau de Lozère élevé sous la mère. » C'est comment un agneau de Lozère ? Un être gracile et frileux qui gambade sur l'hésitation de deux pattes frêles. Dans les étagères, des bocaux en verre de petits pois carottes, haricots verts apportent des notes de couleur franche, vert, orange.

On sait qu'elle sera là, au bout de la queue, flottant comme tous les jours dans sa sorte de demi-sourire, vissée de toute éternité à son tabouret. Sans âge, quarante quarante-cinq ans. Blonde ou fausse blonde on a cru voir un jour une raie de racines plus sombres. La femme du boucher encaisse sans un mot, personne n'a jamais entendu le son de sa voix autrement que pour « Vingt-deux euros soixante » ou « Par carte ou par chèque ? » d'une voix légèrement basse. Personne n'est dupe, on sait qu'elle sourit seulement pour ne pas faire d'histoires. La femme du boucher est réservée, elle est de ceux qui ne montrent pas leurs sentiments. La seule chose qu'elle montre, c'est qu'elle a tout le temps froid, qu'elle grelotte à l'année sous un anorak sans manches qu'elle porte par-dessus la blouse. Été comme hiver elle a l'air enrhumée. Ses doigts gourds tapent les chiffres sur la caisse, puis déchirent le ticket. Limés, vernis de frais, les ongles sont soignés. L'alliance n'est pas étouffée par la graisse des doigts, au contraire il y a un peu de jeu. Aujourd'hui pour la première fois on lui voit les bras, elle porte une blouse à manches courtes. Les bras sont très blancs et la peau, marbrée. Des veines mauves courent à l'intérieur des poignets. Le sang circule mal. Peut-être pour ça qu'elle a tout le temps froid. Les clients se demandent comment est le reste du corps. Marbré, lui aussi, blanc, strié de bleu ?

Je suis la seule à connaître son corps en dessous. À l'institut comme à la boucherie elle est gelée en profondeur. Derrière la caisse elle est comme un tableau, avec son torse qui ne bouge pas, ses cheveux blonds permanentés et son sourire las qui flotte par-dessus le bouquet de tulipes. On ne l'a jamais vue debout, on ne l'a jamais vue marcher. Quand le mari va d'un bout à l'autre du comptoir, son pas attaque le sol de façon décidée. Il passe justement derrière elle, ouvre la poignée métallique d'une porte. Par l'entrebâillement, on voit la chambre froide, une enfilade de carcasses de bovins accrochées à de larges crocs métalliques. L'œil a pu attraper un tatouage bleu gravé sur la couenne d'une des bêtes. Soudain le corps de la bouchère m'apparaît. Nu, blanc et laiteux, débarrassé de l'éternelle polaire sans manches. On ne peut s'empêcher d'y penser. Tout le monde y pense. Elle dans les bras de lui. Blanc contre rouge. Ses doigts à lui se baladant sur son corps à elle. Les doigts rouges redeviennent-ils vraiment blancs le soir une fois qu'il les a lavés et frottés à la brosse ou au contraire la couleur rouge s'est-elle infiltrée à l'intérieur des doigts ? Une cochenille sournoise et tenace. Et la matière de dessous les ongles, celle qui est molle et pourpre, elle est passée où ? On ne sait pas non plus si l'odeur de la viande crue a disparu ou non. Peut-être qu'au contraire elle s'est glissée sous les draps et sa chemise de nuit à elle. La femme du boucher s'est habituée ou alors elle tourne la tête, ferme les yeux, les narines, le sexe. Elle revoit les deux lits jumeaux dans la pénombre, elle et sa sœur s'amusant à imaginer leur vie de quand elles seraient grandes, leur mari, le prénom de leurs enfants à venir. Quand leur mère venait vérifier que la lumière était bien éteinte, elles feignaient de dormir.

3

Dans le train les stations ont des noms de batailles ou de martyrs, on se laisse porter on est pris en charge. Sa vie au milieu de celle des autres, trimballée entre deux stations parmi les martyrs les batailles, quelles vies elles trimballent, on se demande, elles, les autres, celles qui sont assises à côté, on les côtoie deux minutes quarante-cinq minutes, la main sur la barre métallique, le regard dans le vide d'une matinée au bureau. Des femmes qui traînent des vies lasses, l'idée fixe de rentrer chez soi, des paquets de lessive à acheter, des papiers à remplir, des enfants à élever, des vies à vivre. Certaines se tiennent droites sur leur siège, tous les jours elles ont des rendez-vous, elles vont pas se plaindre c'est la vie. Des femmes pratiques, pas les plus malheureuses, aide-toi et le ciel t'aidera, elles attendent pas grand-chose, sont rarement déçues. D'autres prennent toute la place qu'elles peuvent, rient fort, parlent fort, montrent tout ce qu'il y a à montrer, gorge, jambes, ce sont des femmes immédiates, elles donnent tout à la première minute, après parfois il reste plus rien. On veut pas les connaître pour la bonne raison qu'on les connaît déjà. On sait ce qu'elles vont dire avec quels mots elles vont le dire. Celles qui sont pleines de marques de vêtements et de sacs à main on ne comprend pas leur message. Peut-être veulent-elles se cacher sous les marques mais le problème est qu'on n'a pas envie de les débusquer. On sait d'avance, elles ont rien à cacher.

D'autres au contraire ne montrent rien. Des femmes fermées, leur froideur maintient à une distance réglementaire qu'elles imposent naturellement. Il y a autour d'elles un sas. Des femmes marmoréennes, leur visage silencieux comme un champ de neige, tout peut advenir. D'autres enfin sont comme des coffres, elles sont pleines d'ombres remuantes. Quand on les regarde il y a des histoires qui viennent, des histoires avec de l'herbe qui bouge et des bêtes dans l'herbe qui bouge. Celles-là ont une légère faim au ventre, elles sentent mieux le vent, mieux la nuit, grâce au léger manque qu'elles portent. Leurs histoires sont inachevées on peut les finir nous-mêmes.

La plupart en ont vu, des plaies, des enfantements. Celles qui sont descendues tout au fond de trous noirs, celles-là aussi on les reconnaît au premier coup d'œil, il leur reste des traces. Des stigmates à vie même si elles sont remontées à la surface. Celles qui se couchent aux côtés de maris qu'elles n'aiment plus, on le voit aussi. Quand elles le font avec leurs maris dans le noir, elles attendent que ça passe et le plus souvent ça passe. Mais les plus repérables sont celles qui se couchent toutes frémissantes auprès d'hommes qui se retournent aussitôt sur le flanc avant d'éteindre la lumière.

Il faudrait dire aux femmes d'arrêter de se faire des mèches, c'est moche. Qui a inventé ça ? D'arrêter le gloss aussi, qui a inventé ça encore ? La texture des lèvres est une perfection, les lèvres n'ont besoin de rien couleur et matière une perfection. D'arrêter les caleçons aussi. Elles pensent faire ça pour les hommes, le pire est qu'ils n'aiment pas ça. Les seins morts, pareil, quel homme pourrait aimer un sein mort, un sein qui ne respire plus, ce qu'ils aiment, eux, c'est la matière molle et blanche, la matière organique du beurre, ça leur fait penser à avant, à l'enfance quand ils étaient encore tous là, les pères, les mères, les tantes, debout derrière eux dans la cuisine, derrière la chaise haute, la famille comme une constellation d'astres alignés en ordre éternel derrière la chaise haute, la constellation immuable de l'enfance chacun à sa place pour les siècles des siècles. Qui leur a demandé de mettre des seins morts ? Quelqu'un a bien dû le faire mais on ne sait pas qui, si ce ne sont pas les hommes, alors qui ? Sans doute elles-mêmes, l'idée qu'elles-mêmes se font de ce qui plaît aux hommes ou pas. Je sais moi quand elles sont belles. Les femmes, c'est mon métier, elles sont belles quand elles sont dans leur vérité. Exactement dans la coïncidence de leur corps et des années, cela s'appelle la vérité. Personne leur a jamais dit ça. Un truc aussi simple que ça, la vérité. Elles sont prêtes à gober tout le reste mais pas ça.

Ça se passe toujours de la même façon, je tire les portes coulissantes de la cabine et je les invite à s'installer sur la couche.

« Je reviens dès que vous êtes prête. »

Quand je reviens, elles sont en sous-vêtements. Il y a les menues, avec encore des restes d'adolescence accrochés à leur charpente dégingandée, d'autres, molles, nourricières. La plupart, quelconques, oubliées à la seconde. Parfois — rarement — on a la chance de tomber sur une laide. Alors aussitôt l'air de la cabine de soins se raréfie, saturé de gêne, tout notre être sidéré par le surgissement obscène. Les gestes professionnels se font moins précis et l'on cherche à tâtons le prétexte d'une conversation minimale la plus banale possible. La véritable laide est un événement. La ville en recèle peu, de moins en moins on dirait. Les femmes y ont développé de savantes ruses d'inversion, moins est devenu plus. Un nez trop long est le signe d'un instinct sûr. De fait parfois la laide irradie une beauté à retardement qui peut mettre plusieurs mois à se révéler.

Presque aucune des femmes qui viennent ici n'aime son corps. Les magazines qu'elles lisent à l'entrée sont remplis de corps de femmes qui n'existent pas. Elles veulent avoir le même, elles aussi, un corps qui n'existe pas. Leur corps à elles existe c'est ça le problème. Trop, à leur goût. Il se rappelle à elles tout le temps elles ne peuvent l'oublier une seconde. Il leur sort de partout leur corps, par le ventre, par les cuisses. Elles payent pour oublier qu'elles en ont un. Parfois elles hésitent à le montrer. J'ai froid, je préfère garder mon tee-shirt, elles disent. C'est pas vrai je le sais, elles veulent pas se montrer, c'est tout.

Presque aucune n'aime ses seins. Surtout celles qui ont de gros seins, celles-là sont les plus gênées de toutes. Elles croient que c'est pas beau. Elles se sentent affublées, elles les trouvent monstrueux, elles peuvent pas comprendre qu'on puisse trouver beau le monstrueux. Finalement au bout de quelques séances quand elles reviennent elles enlèvent leur tee-shirt. Je demande rien, j'obtiens beaucoup. Elles me disent plus qu'à un médecin, plus qu'à une sœur, une meilleure amie. Au fur et à mesure des séances, elles racontent. À l'institut la directrice demande que passe en boucle un enregistrement de chants d'oiseaux, de bruit de vent et de source. Peut-être à cause de ces sons qu'elles me parlent. Elles n'ont rien à perdre, rien de ce qu'elles me diraient ne sortirait de la cabine. Je les connais pas elles me connaissent pas. Je suis pour elles une étrangère et une intime, le paradoxe incline à la confidence. Toutes me racontent. Celles qui ont des corps de noires, des corps de baigneuses, les somptueuses, les reines, celles qui jouent à la petite fille, celles à la peau eczémateuse, celles à cicatrices, celles qu'on touche du bout des doigts avec une légère répulsion, on n'aime pas leur peau, peut-être à cause de quelqu'un qui a la même et qu'on a connu il y a longtemps, les théâtrales, les hystériques, les tout juste ménopausées. Toutes, sans exception. Je demande rien j'obtiens tout. Leurs corps recèlent des histoires, des tas d'histoires tapies dans leurs plis, leurs rides, au fond de leur ventre. Un jour dans mon pays j'ai vu une plaque de cuivre au bas de l'immeuble d'un médecin, « Maladies de la femme ». Je suis moi aussi devenue une spécialiste. J'en ai vu j'en ai entendu. Des corps éclos comme de grosses fleurs charnelles, humides avec de la rosée dessus presque on dirait, d'autres secs, ratatinés, des corps dont on sait qu'ils ne s'ouvriront jamais.

« Je peux entrer ? » je leur demande avant de tirer la porte coulissante.

Ça commence. Elles veulent savoir pour tel ou tel défaut de la peau quel traitement quelle crème. Souvent leurs questions concernent la cellulite, elles n'aiment pas ça elles ne comprennent pas. Elles font pourtant attention, boivent beaucoup, s'oxygènent, font tout ce qu'ils disent. Est-ce normal comment font les autres est-ce que tout le monde en a ? Puis elles vont plus loin, elles disent plus. Elles sont en confiance. Je ne suis pas leur amie et pourtant. Je rentre chez moi le soir avec leurs histoires. Je ne pense rien, je n'oublie rien non plus. Elles le savent, ça leur plaît comme je suis avec elles. Ça leur plaît que je ne dise rien. Elles croient que je sais des choses sur elles qu'elles-mêmes ignorent. Peut-être est-ce vrai, je ne me pose pas la question.

Au début elles s'y mettent doucement, me racontant ce qu'elles ont fait la veille. Lors d'un voyage en train, l'une d'elles était assise en face d'un très jeune couple qu'elle a aussitôt détesté dès qu'il a pris place sur la banquette. Le garçon se tenait assez tranquille, mais la fille blonde minaudait, en plus elle ne cessait de farfouiller dans un sac à dos doré ridicule. La femme a passé le voyage à la prendre de haut. Mais quand à un arrêt le couple s'est levé pour descendre du train, elle a pu voir à travers l'échancrure du pull de la jeune fille une cicatrice récente, une longue estafilade sur la gorge le long de l'aorte. Fraîche, récente, encore rouge. Au début ça commence comme ça. Puis peu à peu à l'occasion, quand je tire une bande de cire épilatoire rose et que j'applique la paume de ma main dessus, elles y vont vraiment.

4

La perception que j'ai des corps est la mienne. Je n'ai que ça pour être au monde, je ne sais pas comment les autres existent et ce qu'ils perçoivent du monde. Parfois je me trompe. Pour Alix par exemple. Ce qu'elle m'a raconté était loin de ce que son corps laissait présager. Une demi-heure durant l'homme lui avait téléphoné dans la nuit. Il l'avait réveillée en plein sommeil, elle avait répondu allô d'une voix pâteuse mais l'avait laissé parler. Une demi-heure ça avait duré et c'était sorti comme de la lave. Épais, dru. Il avait gémi, presque gueulé à l'oreille d'Alix. Elle l'avait écouté jusqu'au bout. « Quand je pense que c'est un autre qui va sentir ton odeur quand j'y pense. Un blanc-bec un blondinet je parie. Tu m'as même pas laissé finir ce que j'avais à te dire, tu m'as même pas laissé finir notre histoire, moi j'aime bien qu'on laisse les histoires finir, aller jusqu'au bout. Mais toi tu m'as pas laissé. » C'est vrai il avait un peu bu mais n'empêche il fallait le dire tout ce qu'il beuglait là. « Non, c'est trop con. Tes cheveux, dis-le hein dis-le, tes cheveux, personne. Personne t'avait encore jamais dit que t'avais de beaux cheveux. C'est pas juste, j'avais pas fini. Et tes épaules, y en a déjà un de tes blancs-becs qui un jour t'a sorti un truc sur tes épaules ? Non, jamais, avoue. Jamais. Et ton odeur. Personne t'avait encore jamais dit non plus. Y avait que moi pour la sentir cette odeur. Un jour j'ai même dit à Antoine que putain tu la sens pas cette odeur dès qu'elle entre dans le bureau. J'ai jamais senti ça de ma vie. Quand tu marches et que tu remues les jambes c'est encore pire, je tiens plus, j'ai dit à Antoine, et cet imbécile qui me dit qu'il a jamais rien senti. Quand tu croisais tes jambes c'était le pire de tout. Si ça devait continuer je demanderais ma mutation j'en peux plus, j'ai dit à Antoine, cette odeur ça rend dingue. Après ça comment je faisais moi pour m'endormir dans ces effluves la nuit, de ma vie j'ai jamais senti une femme qui sent ça. » Maintenant il pouvait le lui dire car il allait partir. Il en avait plus rien à fiche. Il avait demandé sa mutation et l'avait obtenue, un endroit où les femmes ne sentaient rien, ne sentaient pas ça en tout cas. Un endroit où elles se mettaient du déodorant du parfum à la vanille ou à la mûre n'importe quelle daube, qu'est-ce qu'il en savait lui pourvu que ce soit pas cette odeur de corps, de chair, une odeur de lait et en même temps d'algue, une odeur entre la mer et la forêt, de femme avec des filaments d'enfance restés accrochés, il ne pouvait pas décrire mais ça le traquait jusque dans la nuit, ça lui laissait pas une minute de répit. « Quand je pense que c'est un autre, putain, qui va profiter de ça ton odeur un blondinet un blanc-bec qui connaît rien à la vie c'est pas juste. Si ça se trouve, aux yeux bleus le blanc-bec. » Toutes ces années à devoir subir cette odeur au bureau du matin au soir, à devenir dingue. Non il fallait que ça cesse. Quand elle avait décroché Alix avait écouté pendant une demi-heure sans rien dire. Quand l'homme a eu fini, elle a raccroché.

Elle vient depuis longtemps à l'institut, c'est une habituée. Elle ne fait pas partie de celles qui parlent. Peut-être qu'elle voulait savoir pour l'odeur, que je lui dise quelque chose. Peut-être pour ça qu'elle m'a parlé. Elle fait partie des « quelconques », elle n'a ni beauté ni laideur immédiates. Quand elle enlève sa robe son corps en dessous est pareil à son visage, rien à signaler. Elle est sans langueur. Alix est un caillou lisse blanc. Un silex peut-être à cause de son nom Alix. Peut-être que les noms influent sur les corps peut-être qu'à force d'entendre un nom depuis la naissance on devient ce nom. Alix ! Alix ! À force qui sait. Température couleur et silence de son corps sont ceux d'un caillou. Alix est mince, dans mon pays on aurait dit maigre, les coudes les épaules et les hanches font des angles. Je n'ai pas senti d'odeur particulière. Je me demande où elle aurait pu se nicher. Les odeurs, ça aime le chaud, le moite, la femelle, et le corps d'Alix ne recèle rien de tout ça. D'ailleurs elle semble toujours avoir le corps très propre. Certaines personnes semblent plus nettes que d'autres même si celles-ci ont fait leur toilette avec autant de conscience. Ses sous-vêtements sont simples, blancs. Une culotte de coton blanc un soutien-gorge de coton blanc sans dentelles sans rien sur des seins assez petits. Des cheveux courts et bruns coupés net. Le corps est tonique et musclé, il ne laisse pas passer la lumière, il est fait d'une matière dense, opaque. Il est sans langueur, il ne renvoie à rien d'autre qu'à lui-même. Les corps qui ont de la langueur font entendre des musiques, voir du paysage. Dans mon pays on n'aurait pas appelé Alix une belle femme. Pourtant hier c'est cette femme qui avait eu le coup de téléphone de l'homme. Et si cet homme avait senti l'odeur c'est qu'elle existait.

Alix aurait dû croire cet homme. Elle aurait dû traverser la nuit à pied, des villes parfumées, des villes qui sentent le géranium, monter des marches quatre à quatre pour aller le retrouver.

5

Les femmes sortent des petites filles qu'elles ont été. Je me demande quels modèles elles ont eus dans leur enfance, une cousine avec une coiffure qu'elles ont ensuite imitée, une voisine avec des mots bien à elle qu'elles se sont ensuite réappropriés. Moi, mon modèle, c'était Else. Je ne serais jamais devenue ce que je suis sans ma grande sœur. J'aurais poussé de travers dans tous les sens ne sachant de quel côté me porter. Je n'aurais pas su quelles robes étaient jolies, quelles camarades je devais fréquenter, mes phrases n'auraient pas eu de syntaxe propre, j'aurais parlé une langue fade, blanche. Son influence, elle l'exerçait dans tous les domaines, le jeu, l'apparence, le goût. Surtout le langage. Je lui empruntais ses mots et ses expressions. Parfois je voulais tellement lui ressembler que je tentais dans un miroir d'attraper les mêmes mimiques qu'elle. Elle me commandait et me dominait en tout et moi, j'en redemandais.

« Tu dors ?

— Non. Et toi ?

— T'entends le vent dans les peupliers ?

— Oui, j'entends.

— T'as peur, hein ? »

Nos voix de petites filles pépient dans le noir comme des sources. L'une des petites filles a peur, c'est moi. L'autre aussi, mais ne le dit pas, c'est ma sœur Else. Seule notre tête dépasse de la couverture. Dehors le vent bouge, les feuilles des grands peupliers derrière la ferme, ça fait du bruit comme si quelqu'un remuait des sous dans une caisse. Une lune intermittente jette des paquets de lumière blanche par la fenêtre. Puis la chambre redevient noire. Derrière la porte il y a la maison entière, vaste et terriblement noire qui retient son souffle. Le couloir, l'étage, l'escalier qui descend à la cuisine et au séjour, on connaît par cœur, au-delà, les contrées lointaines de la grange, de l'étable sont reléguées dans une cartographie floue. Seul le noir de la maison alentour, chambre des parents, couloir, étage, nous accapare, il dessine une autre géographie à la ferme, rien n'est familier comme le jour. La maison grince comme un vieil arbre la nuit, elle respire elle a sa respiration à elle. Le jour on la reconnaît à nouveau, elle redevient inoffensive, un gros chat qu'on connaît depuis tout petit. Chaque pièce chaque endroit se remet à sa place. Dès que le jour se lève, on emprunte de nouveau le grand escalier pour descendre faire pipi ce n'est plus toute une affaire, je n'ai plus à réveiller Else. Un territoire qu'on connaît par cœur, chaque petit coin, le trajet pour aller à la salle de bains, chaque interrupteur, chaque rideau, l'épaisseur des murs, chaque marche qui grince, les meilleurs endroits pour se cacher, le domaine obscur sous l'escalier qui monte à l'étage, personne n'y va jamais, l'ombre et le silence. Même les objets, telle porte tel couvercle qu'on n'ose pas ouvrir que va-t-on découvrir ? Cette maison nous a élevées, Else et moi, au même titre que nos parents nos tantes et nos maîtresses. La maison a façonné notre vision du monde. Comment font les autres enfants, ceux qui ont grandi dans des appartements en ville, comment le monde s'est dessiné plus tard autour d'eux s'ils ont pas eu de maison avec cave, rez-de-chaussée, étage, grenier, cour. Pour nous, le monde s'est ensuite construit selon cet espace familier, rassurant et effrayant. La nuit, des habitants secrets s'invitent, des colons muets qu'on peut frôler dans les endroits les plus anodins, le palier de l'étage, le trajet pour descendre à la salle de bains, ils apprécient semble-t-il, on voit jamais leur visage ni leur corps on sent juste leur présence frémissante dans le noir, la nuit la maison respire différemment, parfois elle retient son souffle, c'est là que j'ai le plus envie de me glisser dans le lit d'Else. Cette nuit une fois de plus je préférerais ne pas avoir à me lever.

« On ira au trou demain ?

— Tu verras bien », répond Else.

Le trou, on y va tous les jours. On attend que les parents soient partis aux champs et on va se poster devant. On s'accroupit on reste à distance raisonnable. Le trou c'est rien qu'un soupirail noir sur la façade de la ferme. Une bouche béante sur le noir. On a décidé de l'appeler le trou comme ça les autres ne comprennent pas. C'est idiot parce que de toute façon on n'en parle pas aux autres du trou. Dans la cour devant la ferme tous les objets servent, la charrue, l'abreuvoir, le vélo, les bottes en caoutchouc. Le trou, on sait pas sa fonction. Sans doute pour ça qu'on y va. On pense un jour la découvrir. Quand on y est, on préfère garder notre centre de gravité le plus proche possible de la terre on sait jamais. Accroupies, on craint moins l'attrait mutique du trou. Si on restait debout on serait soulevées du sol, happées vers la bouche noire. Je me tiens un peu plus loin qu'Else. Elle dit qu'un jour, elle l'a fait, passer sa tête dedans. Je la crois, ainsi elle ne me fait pas d'histoires. Pour ce qui concerne le trou, la vérité n'a pas tant d'importance.

« T'as vu quoi à l'intérieur ?

— Je peux pas te le dire maintenant. »

Depuis, je ne lui demande plus rien. Tout de même je préfère me tenir éloignée. Le trou a un rayon d'action déterminé. Il faut bien calculer la distance, mieux vaut être un peu loin mais suffisamment près. Else et moi, on sait, c'est par là qu'on disparaîtra un jour toutes les deux, autant s'habituer au plus vite. Apprivoiser le trou, c'est pas possible, ça aussi on le sait. Tout ce qu'il y a à faire, c'est se tenir à la bonne distance. Le noir de la bouche est habité. Ça grouille de présences muettes là-dedans. Même depuis l'endroit où l'on se tient, on peut le sentir que ça grouille à l'intérieur d'ombres remuantes. Ce sera plus fort que nous, un jour on sera happées par les pieds les cheveux, irrésistiblement, la grotte d'ombre, on pourra rien contre. D'ailleurs Else en a sûrement vu d'autres, des corps de petites filles empilées, le jour où elle a passé une tête. Mais avec elle on sait jamais il faut se méfier. Et surtout ne pas lui montrer qu'on ne la croit pas. Sa supériorité sur moi, c'est ça, tout ce qu'elle croit qu'elle peut me faire croire. Elle dit aussi qu'un jour, elle a crié quelque chose dans le soupirail et qu'une voix lui a répondu. J'ai rien dit. On revient pas là-dessus. Le trou est habité il y a quelqu'un au fond, personne ne revient là-dessus sinon on n'irait pas tous les jours.

« Demain on ira, Else ?

— On verra », elle répond. Elle attend toujours un peu. Elle fait toujours ça. Elle a plusieurs façons de marquer sa supériorité.

Notre cousin Jan procède de la même façon. Du moins avec Else, car, moi, je ne lui ai jamais posé la moindre question. Lui aussi attend, il ne répond jamais tout de suite. Sa supériorité sur Else, c'est la rareté de ses apparitions. Un maître qui se montre tous les jours a moins d'autorité que celui qui se fait rare.

Les après-midi quand il y a pas école je me colle le front aux vitres de la grande pièce du bas, celle où l'on vit à l'année. De là on peut voir toute la prairie. Aux beaux jours on laisse la porte grande ouverte et on sent l'odeur qui entre. En juin ça embaume l'herbe coupée puis le foin, en avril, des odeurs aigrelettes d'herbe nouvelle et de fleurs, et en septembre, le champignon. Le plus beau, c'est l'orage l'été. Au ciel une cavalcade violette et noire assombrit la prairie en quelques secondes puis par intermittence le paysage devient tout blanc, au sol le vert de l'herbe éclate comme une lumière de lampion. Le vent court comme un fou dans les herbes et une pluie soudaine tombe dru. L'heure d'après tout rentre dans l'ordre, la prairie fait comme si rien ne s'était passé, le ciel redevient bleu, l'herbe verte. En hiver ça sent rien, la porte est fermée ça sent le chaud du fourneau. Ma saison préférée pour regarder par la fenêtre est l'hiver. Le vrai, celui de la neige, pas l'hiver de mars, pas celui du dégel quand la prairie patauge dans une boue de neige grise. La prairie est alors en noir et blanc, seule une couche de neige avec le dessin noir des branches d'arbres. Une calligraphie. La nuit qui tombe à quatre heures de l'après-midi, un jour laiteux et incertain coincé entre neuf heures du matin et quatre heures de l'après-midi. Parfois le cri d'un rare corbeau troue le silence de la neige. On peut rester des heures derrière le carreau rien ne bouge le paysage est figé dans du temps blanc qui rend les bruits mats. Les gens qui entrent à la ferme ont le visage rouge, boursouflé et tuméfié des ogres. Les grosses faces mettent du temps à reprendre leurs expressions habituelles, animant à nouveau mâchoires et lèvres. Les ogres rentrent du dehors, un manteau lourd sur les épaules, secouent leurs bottes pleines de neige à l'entrée, enlèvent gants et manteaux et vont droit au fourneau pour apposer leurs grosses mains écarlates devant le feu. C'est la saison des oranges et des histoires.

Mon cousin Jan ne vient pas souvent à la ferme. Dès que je le vois à travers les carreaux, alors qu'il est encore loin, je me mets à avoir chaud, de petites bêtes me courent partout le long des bras et des jambes. Chaque fois il balance son vélo contre la haie. Jamais de la vie je ne l'ai vu le poser normalement. Son mode c'est le balancement. Une fois qu'il a largué son engin, on peut bien voir comment il marche, moi, dommage je rate tout à cause des petites bêtes. Je peux pas le regarder comme j'aimerais, sans qu'il me voie. Il se dandine, droite, gauche. Le voir marcher augmente le nombre et l'affolement des bêtes. On voit tout de suite à la démarche de quelqu'un s'il a le monde à ses pieds ou pas. Il y en a ils marchent, on le voit qu'ils auront jamais personne à leurs pieds. Et puis il y a ceux qui ont le monde entier. Les orgueilleux, les solitaires. Nulle escorte nul aréopage que leur démarche, une somme incalculable d'articulations, genou, hanche, chevilles, un balancement qui va du port de tête à la cambrure du pied en passant par la ligne des épaules et des hanches. Un rythme propre, personne n'a le même. La marche meut seulement les pieds et les jambes, la démarche bouge l'ensemble du corps. À cause des picotements je ne peux le regarder marcher comme je voudrais. J'en attrape tout de même quelque chose. Dans une minute ou deux il sera debout devant moi dans l'encadrement de la porte, il faudra faire face, vite se composer un visage, trouver des réponses si jamais il y avait des questions, mais Jan est du genre qui parle pas beaucoup. Il a toujours son pantalon de toile bleue, celui qui lui tombe le long des hanches. Un falzar qui lui tient avec une sorte de ficelle. Je n'en suis pas sûre car cela non plus je ne peux pas le regarder comme je voudrais.

Deux heures c'est son heure. Chaque fois il dégaine sa silhouette de prince maigre dans la lumière verticale de l'après-midi puis il avance en se balançant de droite et de gauche. Au fur et à mesure que sa charpente efflanquée se rapproche on devine qu'il a quelque chose en bouche, il mâchonne quoi, une brindille un chewing-gum. Il a ça, Jan, il a la race. On l'a ou on l'a pas. Ça se décide à la naissance, qui l'aura qui l'aura pas. Toute ma vie j'attendrai Jan, des êtres comme lui qui mâchonnent quelque chose, qui plissent les yeux et qui pensent plus qu'ils ne parlent. Ils ne sont aux pieds de personne. Des solitaires, des orgueilleux. Ils n'ont besoin de personne ils ne vous appartiennent jamais vraiment, ils ne sont jamais tout à fait avec vous, une part de leur être est irréductible.

Je les vois les femmes à l'institut qui sont avec des maris, des gentils, tout le monde pense qu'elles sont heureuses, qu'elles ont tout pour l'être, qu'elles sont comblées. Je ne le pense pas. Je préfère les femmes à qui il manque quelque chose, celles qui désirent à celles qui possèdent. J'aime mieux celles qui continuent d'attendre, qui continuent de palpiter. Les autres sont déjà mortes comme des poissons. Peut-être pour ça qu'elles me font confiance à l'institut, parce que je pense comme ça.

Invariablement Jan plisse les yeux même quand il fait pas soleil. Ces deux choses, l'une dans la bouche, l'autre dans les yeux, augmentent le nombre des bêtes. Quand il arrive à la ferme, il veut jamais rentrer, la mère le lui propose chaque fois, mais il décline. Il répond à peine, le moins possible.

« Elle est où Else ? qu'il demande.

— En haut dans la chambre. Viens, rentre.

— J'aime mieux pas, il dit en regardant ses pieds.

— Ben y a Monika si tu veux. »

Il répond rien. « Y a Monika si tu veux. » La phrase reste accrochée en l'air, un insecte géant blessé au plafond de la cuisine, ses ailes et ses pattes qui vibrent. Je ne sais pas si je dois remuer ou rester figée, les picotements n'aident pas à prendre une décision. Je ne suis plus vraiment sûre de la petite phrase prononcée par ma mère. « Y a Monika si tu veux. » À dix ans l'âge est une caste. Impossible d'en changer. Jan peut aller avec Else parce qu'elle a le même âge que lui. Pas question de me demander quoi que ce soit à moi. Ce serait déchoir aussitôt. Si Else joue avec moi, c'est uniquement parce qu'elle a personne d'autre à la ferme, sinon elle voudrait jamais. À la maison elle peut être tranquille, personne la voit jouer avec une plus petite. Je suis désormais à quelques mètres seulement de Jan. Lui dans l'encadrement de la porte, moi à la fenêtre. Elles mettront combien de temps les deux pour redescendre juste un escalier. Dans la cuisine l'air est épais, de la glu, le temps lui-même, le jaune du ruban tue-mouches aussi qui pend au-dessus de la table avec les tas de petits cadavres noirs accrochés. Enfin les deux redescendent.

Else en passant prend du pain et du fromage dans le buffet de la cuisine.

« Vous allez où ? demande la mère.

— Jouer », répond Else.

La mère dit plus rien, elle a l'air de se contenter du verbe seul.

Alors qu'Else a déjà franchi le seuil et s'apprête à partir avec lui, Jan se retourne.

« Tu viens pas toi ? »

Plus de caste, les bêtes font un grabuge qui résonne jusqu'au cerveau, je reste un moment sans bouger. Soudain, sans que j'aie encore rien décidé, mon corps entier s'élance vers la porte c'est lui qui a décidé pour moi. Parfois les choses qu'on désire le plus arrivent. Souvent au moment où on s'y attend le moins ou alors au moment où on ne les attend plus.

On marche dans la prairie on foule les herbes hautes. Lui d'abord puis Else puis moi on est en file indienne. Lui devant avec son falzar bleu qui lui tombe le long des hanches. Rien ne peut lui arriver. La race est un garde du corps. Comme personne me voit, j'essaie d'attraper le même air que lui, la même démarche ample et déhanchée. Ça marche pas. Pour avoir l'extérieur des gens, il faut aussi avoir leur intérieur. Soudain Else pousse un petit cri. Jan se retourne.

« Qu'est-ce qui se passe ?

— Rien, j'ai cru voir un serpent.

— C'est ça, un serpent ! » siffle Jan.

C'est une guêpe qu'Else a vue et non un serpent. Et Else, les guêpes, elle aime pas ça, je le sais.

On entre dans la forêt. Else a l'air de savoir où on va. Pas moi. Je préférerais être entre Else et Jan, mais c'est moi qui ferme la marche. Je dis rien. Ian a déjà rigolé pour un serpent, mais alors pour une forêt. On arrive dans une clairière. Ça fait comme un puits de lumière. Je veux bien être la dernière maintenant, ça me fait plus rien. Au milieu de la clairière se dresse un tas de branchages recouverts d'une bâche. Il y a une ouverture au milieu, c'est la porte de la cabane de Jan.

Le plus beau est à l'intérieur. La preuve, il faut enlever ses chaussures avant d'entrer, Jan l'exige. Le sol est plein de vieilles couvertures superposées. Au milieu de la cabane un cageot renversé fait office de table. Else sait comment il faut faire elle s'assied tout de suite en tailleur, suivie de Jan. Je m'assois pareil. Il relève une des fesses pour sortir de sa poche un paquet tout froissé. Du chewing-gum. Il nous en propose, on dit oui. Puis il extirpe un autre paquet tout aussi fripé. Des clopes. Cette fois il en passe à personne, relève de nouveau une fesse et sort de sa poche un briquet. Il allume sa cigarette, plisse des yeux mais ne tousse pas. Else n'y prête aucune attention comme si elle l'avait vu faire ça toute sa vie. La cabane est saturée de fumée, j'ai envie de tousser mais je me retiens. Tout d'un coup c'est là que ça se passe.

« Tiens, fume un peu pour voir. »

Pas la peine de chercher, c'est sur moi que la phrase est tombée. Pas sur Else, sur moi. Je prends la clope, la porte à ma bouche. Je trouve pas ça bon, ça pique, ça empêche de respirer. Je tiens bon, ne tousse pas. Else rit fort, elle peut plus s'arrêter de rire. Comme d'habitude, quand elle est prise de fou rire elle balance son torse d'avant en arrière.

« Je voudrais bien t'y voir, toi, tiens », dit Jan.

Il enlève la clope de ma bouche. Aux lèvres il a une sorte de rictus. On dirait un sourire mais je suis pas sûre. Le lendemain soir au lit je le dis à Else dans le noir.

« C'est bizarre, il sourit jamais, Jan.

— Ben non. Y a rien à sourire. »

6

« Touchez-moi, a dit Adèle la première fois qu'elle est entrée dans la cabine. Depuis la mort de mon mari plus personne ne me touche. »

J'évaluais d'un coup d'œil ce qu'il y avait encore à toucher du corps d'Adèle. Avec elle était entrée dans la cabine une odeur de poudre ancienne un peu rance, qui avait traversé les années au fond d'un sac à main précieux à fermoir doré. Elles sentent toutes la même odeur de poudre légèrement passée, les vieilles dames. Elles s'accrochent à d'ultimes coquetteries comme un sac à main qu'elles garderaient menotté à leur poignet. Je me demandais comment Adèle allait pouvoir grimper sur la couche, menue et voûtée comme elle était. Ses os se briseraient et je retrouverais au pied du lit un tas de vertèbres et de côtes réduites à de la poudre calcaire. Mais elle a réussi à se hisser. Autrefois elle devait mesurer un mètre soixante-cinq, aujourd'hui elle en faisait dix de moins. Son corps continuait de pousser, non plus vers le ciel, mais vers la terre. Que restait-il à masser, le peu de matière le peu de chair qui revêtait encore les os. Le squelette saillant affleurait, les os transperçaient une peau fine qui était devenue avec le temps comme du parchemin. La chair avait abdiqué, supplantée par la fripe d'une peau grise, tavelée de taches brunes. Ici ou là on voyait courir la saillie des veines violettes. On lui voyait l'intérieur à Adèle, sur le lit était allongé un empilement d'omoplates, de côtes et de fémurs, le corps d'Adèle était un squelette irrigué. Si j'avais pu approcher le corps de ma mère morte, je saurais bien approcher celui d'Adèle.

Ma mère était morte à neuf heures, mon train était arrivé à onze heures. J'avais pris le premier. Dès que je suis entrée dans la pièce du bas, mon regard s'est posé sur le lit où reposait notre mère depuis sa maladie. Je n'avais vu qu'une petite bosse sous le drap en lieu et en place de notre mère morte.

« Elle est où ? j'ai demandé à Else.

— Mais là, où veux-tu qu'elle soit ? » a-t-elle répondu d'un geste du menton pour désigner le lit.

Else avait raison, notre mère pouvait-elle être ailleurs que sous le drap ? À la fin de sa vie, elle ne pouvait plus marcher, mais alors morte. J'ai de nouveau tourné mon regard vers la bosse. Elle n'avait ni le volume ni la forme du corps de notre mère. Celle-ci avait toujours été grande, corpulente.

« Où veux-tu qu'elle soit ? » s'est étonnée Else une seconde fois.

Les dernières semaines, on l'avait installée dans la pièce du bas, la plus passante de la maison, on avait préféré cet endroit à sa chambre. Elle se sentirait moins seule. D'ailleurs les grandes salles comme celle-ci, on pouvait les appeler indifféremment séjour ou pièce de vie. C'est mon père qui avait décidé de l'installer là.

« Ça lui fera de la compagnie », avait-il dit.

À neuf heures du matin quand elle est morte personne n'était dans la pièce de vie. Notre père somnolait dans la chambre et Else n'était pas encore arrivée. C'est l'infirmière qui l'avait trouvée.

« Elle est partie », elle a murmuré à l'oreille du père somnolent.

L'infirmière passait deux fois par jour, la lavait, la massait et lui donnait ses médicaments. Une fille de la campagne, solide, charpentée qui tirait les barreaux du lit d'un coup sec, attrapait la mère, la retournait et dans la foulée la savonnait avec pas mal de vigueur. Une professionnelle. Elle disposait à côté du lit une bassine de plastique violette dans laquelle elle trempait un gant de toilette qu'elle savonnait avant de laver les bras et les jambes. Avant la maladie notre mère ne montrait rien de son corps, les jupes couvraient le genou, les chemisiers, le décolleté, maintenant elle laissait faire, elle se laissait toucher sans rien dire, livrée à l'infirmière qui relevait les pans de la chemise de nuit, trempait le gant de toilette dans la bassine, le savonnait, lavait les bras et les jambes. Elle laissait faire, elle avait même l'air d'aimer. Quand l'infirmière faisait le reste, sans qu'elle demande rien, on sortait. Notre mère avait la tête penchée sur le côté, inoffensive, docile, une pietà. Elle disait oui à tout, plus rien ne se cabrait. Elle était dans son monde, en allée au jardin de l'enfance, se demandant comment elle allait pouvoir uriner toute seule dans les toilettes au fond du potager, alors qu'elle était enfermée dans son lit à barreaux à l'hôpital. Souvent plusieurs fois par jour elle appelait sa propre mère morte depuis longtemps. Les souvenirs d'alors remontaient du fond des âges, intacts, vivaces, la mémoire faisait des perles. Elle était là-bas, petite fille dans un village près de la frontière allemande d'où venait toute sa famille maternelle. Ça allait être la guerre, à la mairie c'était le jour de la mobilisation. Les gens pleuraient les fils et les frères se préparaient à partir et elle, parmi la rhubarbe et les groseilliers, cherchait le chemin qui menait à la cabane en bois qui faisait office de toilettes au fond du jardin. Dans le beau jour d'été sa vie sinuait devant elle comme les dalles de pierre parmi la rhubarbe et les groseilliers. Vienne la guerre vienne la paix, que sait une petite fille de la guerre et de la paix, seuls comptent le jour et le cerceau. Elle avait juste entre ses cuisses menues de petite fille une irritation qui montait comme une marée. Pour l'heure, l'avenir n'était qu'une cabane de bois au bout d'un chemin de pierre.

Un jour j'ai demandé à la laver, l'infirmière a dit « oui pourquoi pas ». J'ai moi aussi plongé le gant de toilette dans l'eau savonneuse de la bassine violette, l'ai essoré avant de le passer sur le corps. Au début je n'avais pas osé poser mes mains sur elle. Elle avait toujours été plus ou moins intouchable. Les contacts tactiles remontaient à loin, à l'enfance. Depuis, son corps était nimbé d'une sorte de gangue qu'on s'était interdit de franchir. L'interdiction n'était venue que de nous, personne d'autre ne l'avait formulée. La mère nous dictait une conduite sans même qu'elle ait à ouvrir la bouche elle en imposait à sa façon. J'ai commencé par les bras, d'abord l'extérieur puis l'intérieur, les beaux bras blancs sur lesquels le gant humide glissait facile. Je l'ai fait descendre des aisselles jusqu'aux poignets. Les bras étaient devenus légers la mère ne pesait plus rien. Puis j'ai fait les jambes les pieds j'ai passé avec soin le gant de toilette entre chaque doigt de pied. Les jambes aussi avaient perdu de la matière la maladie avait mangé la chair partout où elle avait pu. Ma mère suivait chacun de mes gestes, les yeux fixés sur le travail. Elle ne faisait aucun commentaire mais regardait avec intensité, les yeux bleus gobaient le travail elle voulait n'en pas perdre une miette. J'ai de nouveau plongé le gant dans l'eau savonneuse de la bassine en plastique violette puis l'ai essoré. Je suis allée vider l'eau sale dans le lavabo de la salle de bains et en suis revenue avec de l'eau tiède et claire pour lui laver le visage.

Il avait fallu s'habituer à l'autre visage de notre mère, celui qui était le sien depuis qu'elle était malade. La gamme des expressions s'était réduite, la mobilité des traits aussi. Comme si elle ne pouvait plus manifester désormais que deux ou trois sentiments tout au plus. Peut-être leur variété était-elle à mettre en rapport avec celle de l'environnement immédiat. Comme ma mère ne quittait plus le lit depuis an, elle n'avait sans doute rien de plus à dire que le paysage immuable de la chambre. Seuls les yeux étaient intenses. Ils avaient pris plus de place, ils étaient devenus plus bleus, plus souvent fixes. Derrière il y avait quelqu'un d'autre, une nouvelle femme, une femme plus dense, plus concentrée, resserrée sur une matière plus rare. Approcher cette femme, c'était accepter l'inquiétude. À l'hôpital on nous avait dit que certaines personnes dans l'entourage des malades en étaient incapables, ils venaient jusqu'aux abords de l'hôpital, jusqu'au parking, parfois jusqu'à l'ascenseur, puis s'en retournaient, reprenaient leur voiture, rentraient chez eux.

« Tu me dis si je te fais mal, disais-je dans un souffle.

— Tu me fais pas mal », elle répondait dans son souffle à elle.

Puis, comme l'infirmière, je refermais les barreaux du lit, le moment qu'elle aimait le moins. Au début de sa maladie, elle disait :

« Je veux sortir. »

Toujours elle demandait aux personnes qui se tenaient près de son lit de la libérer.

« Sortez-moi de là. »

Elle avait des choses à faire, des courses, des travaux, alléguait-elle. À la fin elle demandait plus. Elle avait compris, c'était plus la peine. Les bras, les jambes, le visage, c'était mon domaine. Le reste, c'était l'infirmière. On avait pas besoin de soulever la chemise de nuit pour deviner que dans le reste du corps les chairs avaient elles aussi fondu. La maladie exigeait son tribut et à chacune de mes visites je pouvais constater que ma mère s'en était acquittée.

« Où veux-tu qu'elle soit ? » Là, sous le drap, l'infirmière a recouvert son visage.

Alors je me suis dirigée droit vers la petite bosse et j'ai soulevé le drap.

7

Toutes les histoires d'Adèle sont des histoires de guerre. « En dehors de la guerre, il ne m'est rien arrivé, dit-elle. Si je n'avais pas vécu la guerre, ma vie n'aurait eu aucun intérêt. » À croire que sa mémoire de quatre-vingts ans n'avait retenu que ces années de 1939 à 1945, de l'Occupation à la Libération. Des années qui à elles seules accaparaient tous ses souvenirs. Elle avait connu un Allemand et avait aussitôt oublié qu'il était allemand. À la Libération les gens du village s'étaient chargés de lui rappeler la ligne de démarcation. « Si c'était à refaire, je le referais, j'hésiterais pas une seconde. »

Comme une folle. Comme une dingue elle court. Adèle n'est plus que des jambes qui courent elle n'est plus qu'un cœur qui lui cogne dans la poitrine. À l'intérieur d'elle le volume du son à fond. Ça cogne, les autres organes sont éclipsés, plus que le cœur qui s'emballe, les poumons qui brûlent. Peut-être un point de côté bientôt l'empêcherait d'avancer qui la courberait en deux comme un saule au-dessus de la rivière. Encore un peu il faut qu'elle tienne juste un peu. Plus que quelques centaines de mètres et puis ce serait fini. Sa respiration lui fait mal, l'intérieur de la poitrine brûle. Tenir. Les arbres au-dessus du chemin font un dais elle n'a pas vraiment le temps de voir mais elle voit quand même, autre chose l'essentiel. Quand même elle voit la lumière qui gicle de partout, un vert laiteux qui coule hors des bourgeons, un vert si clair qu'il en est presque jaune-blanc, la forêt criblée de rayons de soleil. Des feuilles minuscules, tendres et humides comme des nouveau-nés, éclatent sur le chemin ocellé de taches de lumière. Ici ou là une branche qui dépasse gêne Adèle. Sauter par-dessus ou l'écarter, elle a pas le choix. Il faut faire vite. Pas de temps à perdre.

Horst doit être tout près, peut-être à deux cents mètres maintenant pas plus. Elle entend rien à cause de la déflagration intérieure, le cœur qui bat toujours, la respiration sifflante. Merde le point de côté, elle a pas pu l'éviter, cette fois elle doit ralentir, marcher, c'est fichu. Elle entend toujours rien. Elle entend juste que c'est le plus beau jour de sa vie. C'est aujourd'hui que ça va arriver. Dix-sept ans le plus bel âge. L'âge pour ça. Viens, je connais un coin, l'entraînant par la main. Elle ne parlait pas sa langue, ni lui la sienne. Bien sûr il avait compris, tous les hommes du monde comprennent quand on leur dit ça. Il s'est laissé faire, tous les hommes du monde se laissent faire quand on leur dit ça. Aux lèvres, il avait le même sourire que celui qu'elle lui avait vu la première fois à la fontaine. Horst torse nu qui s'aspergeait la poitrine et les bras à grande eau, une de ses bottes servait d'appui sur la pierre pleine de mousse de la fontaine. Quelque chose dans le bombé de la poitrine et des bras elle ne se souvient pas au juste, une chose en tout cas qu'elle n'avait pas, elle, dans quoi elle aurait voulu plonger, s'abîmer et qui faisait perdre connaissance. Si on rêvait de tels bras c'est qu'ils avaient la capacité de vous perdre. Elle n'avait pas eu le temps de bien voir, la surprise, la vitesse du vélo, la peur de regarder. C'est évident cet homme doit savoir tenir une femme dans ses bras, puis plus loin elle s'était répété cet homme me plaît c'est merveilleux un homme qui me plaît. Le halo de la silhouette lui était resté en tête tout l'après-midi, le torse nu, l'ambre, la courbe des épaules et de la poitrine, la botte appuyée sur la fontaine et le geste de s'asperger le visage à grande eau avec les deux mains en vasque. Le soir encore, la dernière image avant de s'endormir et la nuit encore, réveillée par la scène, c'est ce qu'elle avait voulu, être réveillée par la scène pour continuer d'y penser. Elle se délectait sur son oreiller, étendait ses jambes sous les draps, la perspective du lendemain frissonnait en dessous. Les jours à venir les lendemains frissonnaient sous le drap, se dilataient. La vie prenait du champ.

Elle savait plus comment elle avait fait pour qu'il la remarque. Elle avait fait ce qu'il fallait et ça avait marché. C'était arrivé. Exactement comme elle voulait. Les rendez-vous, les baisers. Maladroits, fougueux au début. Sa langue allait vite, lentement, de nouveau vite. Elle aimait ça. Terriblement. La fougue puis la lenteur. C'est ça qu'elle aimait le plus, le changement de rythme. Ils s'étaient à peine cachés. Au début une voix lui intimait tu peux pas faire ça, c'est un Boche puis très vite une autre avait pris le relais, cet homme te plaît c'est merveilleux un homme te plaît. Avec lui c'était comme avec la forêt. Elle était attirée, c'est tout. Même si elle avait voulu elle n'aurait pas pu faire autrement. La biche au bois le fleuve à la mer. Et puis le jour est arrivé. Dix-sept ans. Quand je viendrai vers toi il fera nuit car la nuit est le plus beau moment pour les amants. Car la nuit bruisse de mille microscopiques frissons, de mugissements infimes, de brins d'herbe luisant de petites vies, la nuit est animale plus animale que le jour ce sera la nuit mon amour que je viendrai vers toi. Et le noir sera l'écrin de ton souffle tiède sur moi sur ma nuque, la connaissance sera désormais au bout de mes doigts je perdrai toute autre forme de savoir. Je viendrai vers toi et déposerai à tes pieds mes doutes et mes certitudes il n'y aura plus ni passé ni avenir le temps s'arrêtera je ne saurai plus rien que cette seconde qui brûlera comme l'allumette frottée à la nuit. Tu ouvriras un à un les boutons de ma robe et je m'allongerai près de toi dans l'herbe et le vent de la nuit.

Horst n'est plus qu'à quelques mètres, elle a pris du retard avec ce fichu point de côté, impossible de continuer à courir il a dû arriver à sa hauteur ou presque maintenant.

« Viens, je connais un coin, qu'elle lui a dit.

— Tu vas voir si je t'attrape », lui a répondu Horst avec son accent traînant.

Elle s'est précipitée vers la forêt. Depuis, elle court sans relâche. Elle n'en peut plus. Elle ne sait pas où est Horst. Sûrement pas loin, elle a pris trop de retard. En fait pendant toute la course, elle s'est dit « pourvu qu'il me rattrape, pourvu qu'il me rattrape ». Pendant tout le temps qu'elle entendait son cœur battre à tout rompre en fait son vœu n'était autre. « Pourvu qu'il me rattrape. » Tel est le désir secret de toute jeune fille de dix-sept ans. Pourvu qu'il m'attrape, c'est une ronde ancienne, médiévale, une comptine. Tout le monde la connaît. Depuis la nuit des temps que ça dure cette histoire de garçons et de filles. Quand elle arriverait au bord de la rivière, elle se cacherait derrière une haie et attendrait que Horst la cherche partout. Criant « Adèle ! Adèle ! » les mains autour de la bouche. « Adèle ! Adèle ! » Elle ne respirerait plus au fond de sa planque, de peur qu'il ne l'entende. Elle attendrait qu'il passe devant elle pour brusquement le surprendre. Lui continuerait d'arpenter les bords de la rivière. « Adèle ! Adèle ! » Ou peut-être ferait-il semblant de ne pas la voir alors qu'en réalité il l'avait repérée.

La rivière est désormais en vue. Sur les berges, les roseaux sauvages, les ajoncs et les hautes herbes jaunes sont un éblouissement. La rivière se fraie un chemin parmi la lumière dorée et verte. Plus on approche, plus on entend les bruits infimes. Les berges grouillent de vies miniatures, insectes moucherons libellules, les berges saturées de bourdonnements recèlent d'innombrables petites vies invisibles. Soudain Adèle ne voit plus rien plus de berge plus d'éblouissement, le trou noir. Elle sent une main sur ses yeux. « Ah ! ah ! Je t'ai bien eue, hein ? » Elle n'a pas le temps de répondre. Elle est plaquée à terre. Horst écarte les hautes herbes jaunes, étale sa veste de soldat. Il l'immobilise puis grimpe sur elle. Derrière la tête de Horst il y a le ciel. Un ciel d'un bleu dur sans aucun nuage. La tête lui tourne légèrement à Adèle, la course, le ciel, le vertige de voir Horst d'aussi près, le plus beau jour de sa vie. À travers sa robe, malgré la veste de soldat, elle sent les brins d'herbe lui piquer le dos. Ses jambes nues frissonnent.

8

Quand Grâce a poussé la porte de l'institut la première fois, c'est une trombe de lumière qui est entrée. Cette lumière, la peau de Grâce l'absorbait puis la renvoyait. Elle avait beau être fine comme du papier bible, elle ne paraissait pas fragile pour autant. Au contraire elle donnait plutôt une impression de robustesse. On ne peut pas seulement voir Grâce, on est obligé de la regarder. Qu'on le veuille ou non il nous faut la regarder. Grâce fait partie des êtres qui prennent toute la lumière sur eux et qui ensuite la renvoient. Parfois le cinéma met la main sur l'un ou l'autre, quand ils jouent dans des films on dit d'eux qu'ils crèvent l'écran. Grâce crève l'écran. Elle m'assure qu'elle n'est pas une actrice, mais quand elle me raconte ce qu'elle a fait la veille, je vois des scènes.

L'homme lui avait donné rendez-vous dans un restaurant. Il lui avait dit « tu verras, il y a là la plus vieille anguille de la ville ». De fait une anguille attendait au fond de l'aquarium au fond du restaurant. Elle était très âgée, elle attendait depuis longtemps. On pourrait dire depuis la nuit des temps. L'homme et la femme ne se connaissaient pas. La femme était Grâce et l'homme s'appelait Jacques. Ils se rencontraient pour la première fois. On ne savait pas comment ils avaient fait pour se rencontrer dans cette ville mais ils avaient réussi. À présent ils dînaient. Des huîtres, du vin blanc et de la joie. Dehors le jour s'attardait, la nuit tardait. Pour une fois la nuit ne viendrait peut-être pas. C'est toujours ce qu'on pense quand les soirées sont comme cela. La femme portait un rouge à lèvres rouge et Jacques, une chemise blanche avec le col légèrement ouvert. Avec le vin blanc, elle riait beaucoup. Peut-être était-ce Jacques aussi qui la faisait rire. Avant, elle n'aimait pas les huîtres. Ça la dégoûtait. La vue, le goût, la glaire. Maintenant elle aimait. Une douzaine. Deux douzaines. Si elle continuait elle aurait une indigestion. Elle continuait. C'était le dernier jour du mois de mai. Le jour allait finir, le mois de mai aussi. L'anguille, elle, ne savait pas quand elle allait finir. Le rouge à lèvres tenait bien sur les lèvres de Grâce. Jacques la faisait rire et pendant qu'elle riait, il regardait sa bouche. Parfois Grâce portait sa main à ses lèvres pour ne pas trop rire pendant qu'elle mangeait. À côté du plateau d'huîtres se trouvait un petit pot de beurre et un autre de vinaigrette aux échalotes. Tous deux étaient posés sur une nappe blanche.

Dehors la nuit n'était toujours pas tombée. Quand elle tomberait ça ferait comme une nappe noire tirée sur la rue. Du côté de l'anguille, toujours rien. Elle attendait au fond de son bocal. Lovée depuis la nuit des temps dans les cailloux blancs et les algues en plastique, elle attendait. On dit que c'est la plus vieille anguille de la ville. Elle était comme un long ruban noir assoupi. Au-dessus d'elle pourtant deux homards rouge et bleu s'agitaient. Mais elle restait immobile. Rien à battre dans la nuit des temps. Ni des homards ni des femmes à lèvres rouges. Ni des hommes qui font rire les femmes qui rient. On se demande ce que Jacques pouvait bien raconter à Grâce pour qu'elle rie autant. Peu importe, ça marchait, elle riait. Soudain le serveur passa et renversa la bouteille de vin blanc. Pardon je suis si maladroit. Il y avait une grosse tache sur la robe de Grâce. Elle dit « ce n'est rien ce n'est pas grave ce n'est que du vin blanc ». Ç'aurait pu être du rouge, ç'aurait pu être pire. Elle se leva, riant toujours. Jacques la suivit. Tous deux disparurent dans un taxi. Dehors la nuit avait fini par tomber. Au fond de son bocal et durant toute la scène, l'anguille n'avait pas bronché.

Grâce passait-elle deux jours au bord de la mer et, pareil, c'était une scène de cinéma. Bande-son et image.

« La baie de Somme, on dirait un chat qui dort, tu trouves pas ? a demandé Jacques.

— Si, je trouve, a répondu Grâce.

— En fait tu verras, ce n'est pas un chat qui dort, mais un bras de mer. »

Jacques conduisait et Grâce avait allongé son bras vers le siège du conducteur sous le repose-tête. De temps en temps il coulait un regard sur son profil, sur ses cheveux balayés par l'air qui venait de la vitre ouverte. Parfois aussi il regardait ses bras longs et fins mais pas longtemps, il devait faire attention à la route. Malgré l'heure tardive il faisait encore tiède.

« Tu verras, je connais une route le long de la côte. Une toute petite route parfois elle est recouverte de sable à cause du vent. On l'appelle la route blanche. Parfois on ne la voit même plus tant elle est recouverte de sable. Parfois elle disparaît. On la prendra, tu verras. »

Grâce aimait bien quand Jacques disait « tu verras ». Il y avait une raison de continuer, un avenir. Grâce aimait bien quand il y avait un avenir.

La voiture de Jacques glissait dans le soir d'été sur la route rectiligne. Dehors la lumière rose. Certains soirs tout coule de source la lumière la voiture les heures. On ne se pose aucune question on est exactement à cet endroit et à cette heure on laisse couler on est heureux dans les soirs roses. Alentour peu à peu l'herbe était devenue plus rase, les prés avaient fait place aux marais. Le paysage enflait lui aussi au fur et à mesure qu'on approchait de la baie. Il avait pris toute la place, était devenu plus vaste, plus plat. On entrait dans la baie de Somme, le fleuve avait démesurément grossi, il était apparu large et lent, d'une épaisse lourdeur jaune. Ou bien était-ce déjà la mer ? On ne savait pas, il y avait eu des bras de mer qui avaient coulé à travers les marais et puis tout à coup le fleuve avait pris toute la place à l'horizon, s'était imposé dans le paysage, il n'y avait plus eu de marais.

Jacques jetait encore de temps à autre un regard furtif à Grâce. Au loin des dunes étaient en vue. C'était la fin du fleuve. Ils n'avaient plus que quelques kilomètres à parcourir. Juste avant les dunes Jacques a pris à gauche une petite route recouverte de monticules de sable. Le sable s'amoncelait par paquets et, ici ou là, faisait totalement disparaître la route.

« La route blanche, a annoncé Jacques.

— La route blanche », a repris Grâce.

Soudain Jacques a garé la voiture c'est Grâce qui le lui a demandé. Puis elle a ouvert la portière, est sortie et a couru vers les dunes. Tout en courant elle a enlevé sa robe d'été et l'a balancée au loin dans le sable puis, plus loin, elle a envoyé valdinguer ses sandalettes. Elle était en sous-vêtements. Elle a couru à la plage et s'est jetée à l'eau. C'était marée basse l'eau était peu profonde au bord.

Jacques l'a suivie, a retiré sa chemise, son pantalon et s'est jeté à l'eau en courant lui aussi. Bientôt il a rattrapé Grâce qui nageait déjà.

« Regarde là, a-t-il dit tout à coup, là, à ta droite. »

Grâce s'est retournée et a vu à côté d'elle, qui dépassait de la surface de l'eau, une grosse boule grise avec deux yeux sombres.

« Un phoque », a ri Jacques.

9

À force de voir passer des corps de femmes je développe des dons, j'échafaude des théories. Ma science est au bout de mes doigts. Je peux, par exemple, mesurer le taux d'humidité des corps. Quand je touche les femmes je sens affleurer les rivières souterraines. Certaines en comptent plus que d'autres, leurs corps sont de lourdes fleurs tropicales ouvertes et humides. Quand elles sont couchées sur le lit de la cabine je ne sais trop quoi faire de cette vaste matière moite elle m'indispose. Je suis plus à l'aise avec celles dont l'intérieur distille une rosée à peine perceptible. Vers la cinquantaine, les femmes prennent peur, le contact avec la rivière souterraine est rompu. Elles croient que la rivière ne coule plus. Pour retrouver leurs flux d'avant certaines sont prêtes à tout.

L'humidité n'est plus que dans son prénom, Ludmilla. Elle aimait bien quand ça coulait Ludmilla, elle aimait bien l'herbe mouillée, la rosée, la sève, les fleuves, les crues. Avant tous les mois elle coulait, avant elle était une rivière Ludmilla. Puis ça s'est arrêté, elle n'a plus coulé elle s'est tarie. Un jour, c'est arrivé, cette chose dont elle n'aimait pas le nom. Un nom d'insecte avec des pattes, un nom qui grouillait mais pourtant un nom immobile, comme une maladie, une privation. D'ailleurs il y a le mot pause dedans. Pause ou arrêt c'est pareil. Mais Ludmilla a continué d'être une petite fille elle a continué de penser qu'elle coulait. Dans ma tête je suis toujours une petite fille, je continue de couler, il n'y a rien à faire, elle disait toujours. Comme une petite fille, les rires à tout bout de champ, les rires de coquelicots, les jupes à volants et les grands étonnements.

Il faudrait qu'il se trouve quelqu'un pour lui dire d'arrêter les caleçons et le gloss. Les jambes et le bassin sont comprimés dans les caleçons noirs qu'elle porte quand elle n'est pas en jupe. La bouche reptilienne est faussement juteuse d'un jus gras collant, la bouche faussement vivante se tord sous la couche de gloss. Au lieu d'effacer le défaut, le maquillage le souligne. Il faudrait qu'il se trouve quelqu'un pour lui dire. Quelqu'un qui l'aime.

Arrête le gloss, arrête les caleçons. C'est fini tout ça Ludmilla ce n'est plus pour toi.

Une femme est belle quand elle est dans la vérité de son corps, cette personne lui dirait. La vérité du corps est une coïncidence entre les années et la matière de la chair, entre l'extérieur et l'intérieur. Tant que tu n'auras pas compris ça, tu feras fausse route, tu te goureras Ludmilla.

Elle est bronzée à l'année, il faudrait que quelqu'un le lui dise aussi, le bronzage ne rajeunit pas, il vieillit. À un certain âge les choses s'inversent, tout ce qui donnait bonne mine auparavant, maquillage bronzage, donne à un certain âge un air suspect, flétri.

Il existe un marché des corps des femmes avec un argus, des cotes, selon l'âge, elle a raison Ludmilla de penser ça. C'est vrai, c'est pour ça qu'elle s'accroche, mais elle devrait se laisser porter par le courant de la nouvelle rivière plutôt que de nager à contre-courant. Tu t'épuises, Ludmilla, tu en fais trop, garde tes forces, arrête, c'est plus la peine. Et d'ailleurs quel est ton vrai nom, Ludmilla ? À cause du bronzage et du gloss, on doute de tout maintenant. Jusqu'à ton nom où l'humidité est encore. Jusqu'à tes origines, tu veux nous faire croire quoi encore. Que tu es ukrainienne, lituanienne ? Que tu as été une danseuse étoile du temps où. Dans sa tête elle est restée une petite fille, elle le répète à qui veut l'entendre avec son rire de coquelicot. Il faudrait qu'il se trouve quelqu'un pour le lui dire. Il ne se trouve personne surtout pas moi.

Un jour Ludmilla était dans un bar, conversant avec le barman. Derrière elle un tout jeune homme a dit à son copain : « Une vieille de soixante balais qui drague un barman, non mais tu vois un peu ? »

Elle ne sait pas comment ça a commencé. Un travail de sape lent, mais régulier, acharné. On ne sait pas exactement comment ça marche. Même la nuit ça marche. Ça ne s'arrête jamais. Autour des yeux de la bouche sur le cou en haut des cuisses dans les coudes les épaules. Tous les jours elle avait guetté d'autres plis ils étaient venus les uns après les autres en temps et en heure. Sa voix était la dernière chose qu'on pourrait lui prendre. On la lui a prise aussi. Avec les années et les cigarettes, c'est venu aussi.

Aujourd'hui Ludmilla porte une jupe noire et un haut rouge. Dans la cabine elle les enlève d'abord la jupe puis le haut. C'est un corps fatigué qu'elle déballe des dentelles noires. C'est une femme qui pend, une femme qui en a vu aujourd'hui, Ludmilla.

« Non mais tu vois un peu une vieille de soixante balais ? »

La peau n'est plus tirée, le cou se relâche, les bras aussi, les jambes, le ventre. Le corps est las. Elle en a trop vu Ludmilla, son corps en a trop vu, il ne veut plus continuer de plaire de déployer des rires de coquelicots des étonnements de petite fille. Ludmilla la petite fille est lasse, elle a des années derrière elle des années de vie, aujourd'hui même les joies pèsent, tout vous est décompté les joies les peines tout vous est facturé au prix fort, le visage marque le corps est une calculette.

« Dans ma tête rien à faire je suis toujours une petite fille. »

Aujourd'hui Ludmilla ne la dit pas la petite phrase, elle n'a rien d'une petite fille. Aujourd'hui même elle le sait, les rires de coquelicots gisent au pied du lit, elle les a balancés avec le haut, la jupe, les collants, les chaussures. Aujourd'hui seulement l'histoire des deux jeunes au bar.

« Non, mais tu vois un peu, une de soixante balais ? »

Alors qu'elle avait juste pris un verre au comptoir et entamé une conversation avec le barman, des paroles anodines le temps qu'il fait le prix de l'essence. Aujourd'hui même pas elle ne croirait à ses étonnements de coquelicots. La vérité de son corps gît sur le lit de la cabine, la vérité sur fond de papier blanc, pas si terrifiante finalement quand elle n'est que vérité. Les pieds de Ludmilla racornis aux ongles vernis, le jaune sous le rouge, les doigts de pied un peu recroquevillés, sur le dernier un cor qui lui fait mal, les talons épais, la corne dure. Un jour Ludmilla a lu dans un roman que les jolies filles avaient toujours de vilains pieds alors ses pieds elle en est presque fière. En bas du lit gît un barda usé, désormais vain, des collants de soie noire roulés en boule, des souliers à talons renversés par terre à la va-comme-je-te-pousse. Qui dira la vérité sur les chaussures qu'on abandonne à terre un soir de fatigue en rentrant chez soi, l'épaisse moquette du salon qui s'enfonce, enfin trois centimètres de réconfort dans la plante des pieds ?

10

Comme je ne pose aucune question sur l'homme du téléphone, Alix continue de raconter. Il devait avoir douze, treize ans, c'était la fête de Carnaval, dans son pays lointain. Son oncle l'a envoyé faire une course dans le voisinage. Il se rend à l'adresse, pousse la porte cochère de la grande maison et entre dans la cour. Il lève les yeux et voit des coursives aux trois étages, sur l'une d'elles des jeunes filles s'ébrouent, déguisées en robes d'époque. Des robes de toutes les couleurs, satinées, à crinoline. Le garçon est là au milieu de la cour la tête en l'air à regarder les jeunes filles dans leurs robes. Les coiffures, la soie, le satin, les jaunes, les rouges, les pourpres, tout se mélange. La tête lui tourne. Les jeunes filles rient, se moquent de son malaise. Elles sont légion il est seul. Seul contre toutes il ne peut faire face. Tant de filles tant de robes les couleurs les coiffures les étoffes, ça tournoie. Il porte la main à sa tête. Tant de jeunes filles tant de robes tant de couleurs à la fois, il n'en a jamais vu autant de sa vie. Cette fois, c'est la vue qui lui fait perdre la tête, plus tard avec Alix ce sera l'odorat.

« Cet homme a du mal avec ses sens », dit Alix.

Elle raconte une autre histoire, mais celle-là, il ne sait s'il l'a rêvée ou s'il l'a vécue. Il est tout petit, deux, trois ans. Il est sur une chaise haute, une chaise de bébé. Sa mère est à côté de lui, assise à une table. Sur la table est posée une bouteille de lait. La bouteille de lait se renverse. L'enfant voit le liquide blanc qui coule et forme une flaque sur le bois de la table. Ça coule ça coule, la mère ne fait rien pour l'arrêter. Tout d'un coup, elle met sa tête dans ses mains. Il comprend qu'elle pleure. Elle n'arrête plus de pleurer. L'enfant est là devant la mère qui pleure et le lait qui coule. Il ne peut rien faire, il n'a que trois ans.

À quinze ans, il est allé retrouver son père.

Son père se tient sur le quai de gare. Frêle et flottant comme à son habitude. Peut-être à cause de la chemise et du pantalon trop larges, il a l'air noyé. Les gens maigres sont moins au monde que les autres. Le monde leur colle moins aux basques. Les gens maigres sont des idées, des abstractions. Il a dû être beau autrefois. Mince, mais robuste. Ses traits ont dû être nets, il devait avoir le visage des gens qui savent ce qu'ils veulent, qui le veulent et puis qui le font.

D'instinct le fils a toujours aimé les gens déterminés les gens qui savent ce qu'ils veulent. Lui aussi en sera, la promesse, il se l'est faite à lui-même. Pour l'instant il s'y tient, encore que sa vie ne fait que commencer, mais il sait que quand on a le père qu'il a, mieux vaut avoir quelques certitudes. Le père, lui, ça fait longtemps qu'il ne sait plus ce qu'il veut. Il n'y avait qu'à le regarder flotter sur le quai de gare et l'on comprenait tout de suite. La silhouette indécise dans la chemise et le pantalon trop grands. Le regard aussi est perdu, les yeux qui regardent quoi, l'autocar la vitre de l'autocar derrière laquelle se tient le fils. En même temps que flottants, les yeux sont brûlants, ils brûlent d'on ne sait quoi à l'intérieur. Le mélange des deux, le flottant et le brûlant, lui donne des yeux de malade, de fiévreux. Une densité qui est aussi une absence. C'est ça qu'on ne comprend pas avec le regard du père.

Le nez n'a pas été touché, il est resté beau. Le fils a vu des photos. Droit, légèrement busqué. Dessous les lèvres sont sèches, presque craquelées. Trop de tabac. Dans l'état où est le père, ils ont encore bien voulu de lui. Aux mines ils ont fermé les yeux sur le problème, ils n'ont rien demandé. Malgré la démarche de hasard, la chemise large et tout l'être qui a fini par chanceler, ils lui ont permis de continuer de travailler. Ils l'ont juste muté sur un autre site, mais ils l'ont gardé aux mines.

Un jour le père a demandé à la mère qu'elle lui envoie le fils, qu'elle le fasse venir par l'autocar. Il voulait le voir. « Ça me ferait plaisir », avait-il dit. Juste un jour, ça lui suffirait. L'aller-retour dans la journée. Maintenant l'autocar du retour attend à quai. Le fils a déjà grimpé à l'intérieur alors que le car ne part que dix minutes plus tard. Il attend que le père lève le camp. Sur le quai ils n'avaient plus rien à se dire. Ni le fils au père ni le père au fils. Ils se sont tout dit. Pourquoi le père ne se décide-t-il pas à partir ? Il n'y a plus rien à attendre maintenant, le fils et l'autocar vont partir c'est une question de minutes. Le fils a payé son tribut. Deux heures d'autocar à l'aller, deux heures au café avec le père, puis deux heures de route de nouveau au retour. Deux heures dans le café presque vide de la ville minière. Les chaises et les tables en bois faisaient du bruit quand on les déplaçait. Au patron derrière le comptoir, le père a dit : « Deux cafés, s'il vous plaît. »

Un d'office aussi pour le fils. Ne savait-il donc pas qu'à quinze ans on n'aime pas encore le café ? Deux heures à parler de quoi. Tous les sujets qui leur venaient, minces, inconsistants étaient vite expédiés. À la fin ils n'en ont plus cherché d'autres, ont remué la cuiller dans la tasse pour diluer le sucre qui l'était déjà. Et maintenant le père reste planté sur un quai de gare routière à regarder dans le vague de la vitre. Lui ne peut pas bien distinguer le fils, alors que le fils, lui, peut très bien le voir. Va-t-il enfin se décider à lever le camp, à déguerpir de sa grande démarche déglinguée mouvant toute sa carcasse flottante ? Le fils a hâte maintenant. Il veut en finir, il veut voir se dissiper la frêle silhouette, ne plus voir les yeux qui à la fois fixent et regardent dans le vague. Il en a plus qu'assez du paradoxe des yeux à la fois brûlants et vides, à la fois intenses et absents. Tout est en morceaux chez le père, intérieur extérieur, plus rien ne tient debout. Pourtant c'est vrai il a fait l'effort de ne rien commander d'autre au café.

Deux cafés, s'il vous plaît.

Nul tremblement dans la voix nul tremblement dans le bras quand il a hélé le patron.

Deux cafés, s'il vous plaît.

Le problème du père lui a attaqué les veines, le cerveau, la démarche. Tout l'être du père a fini par être englouti par le problème. C'est ça qu'il pense le fils derrière la vitre de l'autocar. Que les pères flottants ne sont pas de bons pères. Et si le père le sent de l'autre côté de la vitre, tant mieux. Et si le père sait que le fils a hâte, tant mieux aussi. Après tout le fils a sa vie de quinze ans à vivre, des cigarettes à fumer, des mobylettes à faire pétarader, des filles à embrasser. Père à problème ou pas, ses quinze ans poussent en lui comme les branches d'un arbre. Rien ni personne ne peut s'opposer à une poussée de sève. Pas même lui qui reste planté là derrière les vitres de l'autocar, le regard vide, pourtant brûlant.

Enfin un bruit du moteur. Le chauffeur du car fait une manœuvre pour reculer. Pourvu que le père ne tente rien à la dernière minute, aucun de ces gestes d'adieu qui font chialer, problème ou pas, aucun de ces signes qui s'éternisent et auxquels personne ne sait quoi répondre de part et d'autre. Le fils préfère quand il y a des choses à répondre. Des choses précises, circonstanciées. Tant mieux, de l'autre côté le père ne semble pas broncher ni geste de la main ni sourire, rien. Seulement sa silhouette qui flotte sur le quai de gare. Le chauffeur a démarré le moteur. Le fils aime ce bruit de moteur. Pour tout dire il le trouve excitant c'est beau le bruit d'un moteur. Quelque chose d'inéluctable, d'impérieux. Plus tard il aimerait travailler dans les avions parce que de sa vie il n'a jamais rien entendu de plus beau que le moteur d'un avion dans le ciel quand il s'approche de la Terre. Du moins pour ce qu'il en connaissait quand le dimanche, alors qu'il était petit garçon, ils allaient le père et lui aux abords des pistes de l'aéroport. Quand les avions atterrissaient lourds, énormes et blancs sur la piste. On pensait que jamais ils ne réussiraient et ils réussissaient toujours. Chaque fois c'était un miracle comment ils se posaient sur la piste dans une incroyable décélération dans l'ultime virage en bout de piste. Le fils était fait pour les cieux, pas pour les entrailles de la Terre. Il se rappelle la première fois qu'il est allé voir les avions. Quand ils sont rentrés, le père s'est installé à la table de la cuisine, a sorti un petit bout de papier et lui a fait un croquis d'avion pour lui expliquer comment ça marchait, les avions, les forces qui poussaient dans un sens, celles qui poussaient dans l'autre. Il a fait des flèches en sens opposé de chaque côté des ailes. Le fils a ensuite chiffonné le croquis, mais l'a gardé dans sa chambre. Parfois le soir il le ressortait et regardait les flèches dans tous les sens.

L'autocar est prêt à partir, dans une minute ou deux il sera trop tard. En pensant au virage des avions en bout de piste le fils veut faire un signe au père. Le moins possible un tout petit signe. Juste pour dire au père qu'il est le père et lui le fils. Il n'est pas obligé d'en rajouter. C'est quand même le père, là, derrière la vitre et puis il n'a commandé que deux cafés. Et puis on ne sait jamais. Et puis les avions. Vite il faut lever la main avant que le père soit hors champ, avant que le car ait fini sa manœuvre au bout du quai. Vite le fils lève la main. Mais le père de l'autre côté de la vitre a déjà posé un doigt sur sa bouche pour lui demander de ne rien dire.

Un homme qui vous raconte des histoires pareilles, il faut l'aimer. Alix l'a laissé passer.

11

« Cet été pour la première fois depuis la mort de mon mari, j'ai pris plaisir à faire quelque chose », a raconté Adèle.

Son mari l'avait épousée après la guerre sans un reproche. Il savait pour l'Allemand, il savait pour le matin d'octobre où on lui avait tondu la tête. Quand elle l'avait rencontré, elle lui avait tout raconté, qu'elle avait couché avec un Allemand et que si c'était à refaire, elle le referait. Lui avait seulement répondu :

« C'est de l'histoire ancienne maintenant.

— C'est de l'histoire présente. Tu ne sens pas sous mes cheveux ma tête tondue, tout le monde la voit encore ma tête tondue sous mes cheveux, même s'ils poussent jusqu'au sol, même si on s'en va loin d'ici, même si on déménage tout le monde la verra toujours.

— Je ne vois que tes cheveux souples, tes boucles, le samedi quand tu les laves je sens l'odeur du savon. »

Les premiers temps qu'elle était couchée à

côté de lui, elle lui disait qu'elle pouvait pas. Je peux pas, pardonne-moi, je pourrai jamais il y a rien à attendre. Je peux pas m'approcher de toi. J'y arrive pas j'y arriverai jamais.

Elle lui disait qu'elle croyait encore être à côté de l'Allemand qu'elle revoyait tous les soirs ses veines, les veines de ses bras comme des fleuves, la saignée de ses bras. Elle lui disait qu'elle pouvait plus supporter l'odeur des tilleuls en juin les sèves partout qui montaient de la terre, elle y arrivait pas fallait pas attendre ça changerait jamais.

Elle pouvait plus supporter les approches, tout ce qu'on pouvait approcher dans une vie, un corps, un enfant endormi, un malade, une forêt. « Je serai jamais avec toi je serai toujours avec l'autre, même en fermant les yeux j'y arriverai jamais. »

L'été dernier elle était allée avec son fils dans une île, un endroit qu'elle aimait, qui sentait le chaud, la croûte brûlée de pain d'épices. Son fils l'avait emmenée en bateau. Dans son maillot de bain blanc Adèle avait l'air encore plus maigrelette. Elle sautait avec les vagues ses quarante kilos sautaient sur le plastique du bateau elle ne pesait plus rien elle n'adhérait plus à rien.

« C'est la première fois depuis la mort de ton père que j'ai plaisir à quelque chose », elle avait dit au fils qui conduisait le bateau à moteur. Pourtant les vagues qui cognaient son dos contre le plastique blanc lui tiraient une grimace de douleur. Soudain dans une crique, elle avait plongé dans l'eau son corps d'oisillon, sa petite tête, ses yeux plissés. En sortant ses quarante kilos de rien du tout hors de l'eau, elle avait frissonné et senti à nouveau le monde comme elle l'avait senti ce matin d'octobre. Depuis qu'elle avait été tondue sur la place publique, ça ne lui était plus arrivé. Quand elle avait sorti la tête hors de l'eau, elle avait senti le même souffle lui courir sur le crâne de la nuque au front. La sensation d'assister au premier matin du monde. Une impression qu'on a la chance de connaître deux ou trois fois dans une vie tout au plus.

Sur la place publique elle se sent nue. Nue face au monde entier. Elle est à tout le monde elle est une femme publique. Une femme décapitée car ce ne sont pas les cheveux qu'on lui coupe mais la tête. Avec sa nouvelle tête, son crâne, sa nuque dégagée, elle sent l'air du matin, la netteté et en même temps le tremblement du monde en ce matin d'octobre. Et aussi les regards avides des autres, ceux qui sont venus, ceux qui la mangent des yeux. Sur la place le monde entier peut la voir, tête nue, autant dire nue, la bouffer des yeux. Elle est à tout le monde.

Adèle n'aura jamais trente ans, jamais cinquante ans, elle aura toute sa vie le même âge, dix-neuf ans, l'âge du matin d'octobre.

Regarder droit devant. Ne surtout pas les regarder. Accrocher sa pensée ailleurs dans l'air du matin du jour qui vient. La fenêtre de Gabrielle est toujours fermée. Depuis qu'Adèle est là, le rideau n'a pas bougé. L'acier froid des ciseaux court sur la nuque, un frisson glacé lui envoie des ondes sur le cou puis par ricochets dans le dos et les bras. Pour faire le boulot, ils ont demandé à Mado, une grande fille charpentée. De la poigne et du cœur, on le voyait tout de suite rien qu'aux yeux rien qu'au visage. Elle a dû hésiter, Mado, puis finir par accepter en se disant que, le travail, personne ne le ferait mieux qu'elle. Elle s'en acquitterait le mieux possible, Adèle le savait. Les premières mèches sont à terre, un petit tas vaporeux de couleur châtain clair se forme à ses pieds. D'autres mèches, indécises et douces comme des anges, volettent dans l'air immobile. Certaines restent accrochées au col de sa robe comme si elles ne voulaient pas quitter sa tête.

Regarder droit devant. Garder la tête haute en toute circonstance, sa mère lui a toujours dit « ça sauve de tout ». Ses cheveux, du temps où ils étaient cheveux sur sa tête, étaient longs et souples, elle les attachait dans la nuque avec des peignes d'écaille et des rubans. Chaque fois qu'elle défaisait sa coiffure, Gabrielle lui passait la main sur les cheveux et disait : « Quand tu les lâches, on dirait une pluie. »

Le froid de l'acier court sur la nuque. Ce n'est pas l'envie qui manque de jeter un œil à l'assemblée qui, ce matin, s'est réunie place de la mairie. Elle ne le fait pas elle préfère regarder droit devant. Quand Mado l'a menée là vers dix heures, elle a eu le temps de voir qui était venu. Surtout des femmes, des filles de son âge, peu d'hommes. Elle a eu le temps de les identifier tous. Seule son amie Gabrielle n'est pas là. Quand Adèle a regardé Odile, Yvonne et Lucie, elles ont baissé la tête. Seule Denise la jolie fille du village a soutenu son regard. Adèle lui en est reconnaissante. Elle n'avait plus à s'en faire, Denise, elle n'aurait plus de rivale, que peut une femme sans cheveux ? Que peut une femme avec la tête par terre ? D'ailleurs Denise n'avait jamais eu à s'en faire. La jolie fille du village, c'était elle. Adèle n'avait jamais eu la peau aussi blanche ni la taille aussi fine. Mais d'instinct Denise avait senti qu'Adèle pouvait malgré tout plaire, qu'il y avait en elle un aimant noir qui les attirait tous, les Bernard les François. Mais maintenant sans cheveux sans tête que pouvait l'aimant noir ? Dans le regard de Denise, il y avait eu des dizaines de serpes d'or qui s'étaient fichées dans celui d'Adèle. Mais elle avait été la seule à ne pas baisser la tête au passage d'Adèle. Peu importe elle ne veut plus savoir qui est là qui pense quoi. Ne pas leur faire ce plaisir. Garder la tête haute. Comme sa propre mère l'avait gardée, elle aussi en d'autres occasions, toute fille mère qu'elle était. Le plus grand soin avait toujours été apporté au ménage, à la couture. Personne n'avait jamais trouvé rien à redire, du moins les rares personnes qui venaient à la maison, des gens obligés, le facteur, le garde champêtre. Faire les choses pour soi, pas pour les autres. Quand la guerre a commencé, la mère a continué d'être coquette, elle savait récupérer le tissu de vieilles vestes pour en faire des jupes. Être belle pour soi, pas pour les autres.

Le sillage de la coquetterie, ça lui suffisait à Adèle. Elle aimait être dans la chambre de son amie Gabrielle quand celle-ci se préparait à sortir. À la coiffeuse, elle détaillait les objets — brosse à cheveux, peigne en nacre, flacon d'eau de Cologne. Gabrielle lui demandait de s'asseoir et elle lui brossait les cheveux. On dirait de la pluie quand tu les lâches. Quand elle tombait sur un nœud, ça lui tirait, ça lui faisait mal, Adèle la haïssait un moment mais ne disait rien, c'était Gabrielle qui le faisait, alors. Les grandes fleurs qui ondoyaient sur le papier peint irradiaient une lumière rose et dorée qui nimbait les murs, le plafond et le couvre-lit au crochet. On se croyait dans un songe quand on était dans sa chambre.

En retour, Adèle emmenait son amie dans son domaine à elle, les forêts et les étangs. Le royaume des biches et des salamandres. Elle riait de voir sa peau fine égratignée par les ronces du chemin, sa délicatesse prise dans l'enchevêtrement des mûres ou des églantines. Les haies pleines de baies l'attrapaient, elle restait accrochée, poussait ses petits cris de fille. Mais quand Adèle lui demandait si elle voulait continuer, elle voulait toujours. Son rêve à Gabrielle était de voir un animal sauvage, un cerf, un sanglier, quelque chose. C'est ça qu'elle voulait, être en face d'un cerf, un jour un seul jour, après elle lui ficherait la paix. Tu crois qu'un jour j'en verrai un ? Dis-moi, quand est-ce que j'ai le plus de chances d'en voir un ? C'est pour ça qu'elle s'infligeait les séances de ronces et de moustiques. Elle disait que ça allait être le plus beau jour de sa vie de le voir, le cerf. Elle savait pas où ça se passerait mais un jour ça se passerait. Au moment où elle s'y attendrait le moins, quand elle penserait le moins le rencontrer c'est là qu'il surgirait. Adèle se fichait d'elle, c'était le prince charmant ou quoi son cerf, fallait quand même pas exagérer, ce serait qu'un cerf. En fait, sans le dire à Gabrielle, elle pensait comme elle, la rencontre avec un cerf ou une biche est la plus belle chose qui puisse arriver dans une vie. Gabrielle avait raison de continuer d'espérer. On n'oubliait jamais la première fois et après on passait sa vie à attendre que ça revienne. Elle, elle en avait déjà vu deux, presque au même endroit à l'orée de la forêt. C'était surtout le premier qu'elle se rappelait. Tout d'un coup, il avait surgi. Il était là devant elle, aussi surpris et figé qu'elle. Ils s'étaient regardés l'un l'autre, comme statufiés. Une seconde, pas plus, mais la seconde avait duré longtemps. Puis il avait détalé, bondissant à travers les fourrés. Du merveilleux avait surgi du sous-bois pour y disparaître aussitôt. L'apparition était en même temps une disparition. Gabrielle avait raison d'attendre. Adèle non plus ne connaissait rien de plus beau.

La fenêtre de la chambre n'a pas bougé. Elle ne verra peut-être jamais de cerf. Dans les rideaux, pas un souffle pas une ombre rien. Toutes les autres sont venues, celles de son âge, leurs mères leurs sœurs, toutes. Seule Gabrielle. Le bruit froid des ciseaux de Mado court toujours derrière les oreilles d'Adèle. Cric Crac. Elle sent la chair blanche des bras de Mado, ferme comme du beurre, lui frôler l'épaule. Le geste est précis, sans bavure. Mado n'a pas droit à l'erreur, elle le sait. Si elle rate, elle pourra pas se remettre à l'ouvrage. Elle s'y remettra pas, elle s'enfuira, voudra plus jamais voir la place, voudra plus jamais couper de cheveux. Se débarrasser. C'est ça qu'elle a en tête, Mado. Ils ont bien fait de la choisir, une autre aurait pas tenu.

Maintenant aux pieds d'Adèle s'amoncelle un bon paquet de mèches. Elle peut sentir l'air du matin avec son crâne nu, tout nouveau. L'air du matin, elle ne l'a encore jamais aussi bien senti, ni la place de la mairie, ni le monde entier. Elle sent comme jamais ses oreilles, sa nuque, son front, sa vie entière, chaque pore ouvert comme jamais. Elle redresse encore un peu la tête afin que chaque millimètre de cette partie inconnue de son corps puisse mieux sentir le matin d'octobre. Garder la tête haute. Adèle respire comme jamais elle n'a respiré. Elle descend loin dans son ventre chercher l'air, pas seulement dans ses poumons, dans ses bronches, ailleurs dans une autre partie de son corps. Elle descend loin dans son être elle explore des territoires inconnus des pans entiers qu'elle ne connaissait pas. Elle descend, fouille, elle ne savait pas tout ce qu'il y avait en elle, elle défriche, elle tombe sur des gisements. Elle ne savait pas qu'il y avait en elle tant de temps, des réserves de temps. Désormais sa tête tondue est complètement relevée.

Les mèches à ses pieds ne lui appartiennent plus, elles ont quitté son être. Adèle les regarde, elles ont la couleur des herbes qui longent la rivière. Là où la rivière est bordée de roseaux, de joncs, un peu plus haut les talus sont piqués de hautes herbes jaunes qui flottent dans le vent comme ses anciens cheveux. C'est là qu'elle avait conduit l'Allemand.

« Viens, je connais un coin. »

12

Ce qu'on préfère, Else et moi, c'est fouiller. De toute la maison le meilleur endroit est la chambre des parents. Pour d'autres choses ce peut être la cave ou le grenier, mais pour ce qu'on cherche, Else et moi, c'est la chambre des parents. Dès qu'on tourne la poignée, on le sent, on quitte la ferme. Ce n'est pas un endroit de la vie de tous les jours, pas comme la cuisine ou la salle de bains. Derrière la porte de la chambre, on le sait, il y a un autre temps. C'est comme quand on entre à l'église, les heures ne passent pas pareil, elles sont suspendues. Dans la chambre des parents aussi tout est arrêté. C'est bien rangé, ça sent l'encaustique, les dentelles amidonnées et les glaïeuls. Une odeur un peu confite de renfermé nous attrape à la gorge dès qu'on tourne la poignée. Les meubles, armoire et commode, ont une couleur dure et sombre. Les lattes du parquet sont cirées de frais et le couvre-lit de dentelles blanches est tendu sans aucun pli. Tout est comme d'habitude parfaitement en ordre. Aucune autre pièce à la ferme n'est aussi bien rangée. Cette austérité nous la rend suspecte, à Else et à moi. Dans le vase posé sur la commode cinq glaïeuls rouges inclinent leurs corolles froissées. Les glaïeuls sont des fleurs religieuses, on dirait qu'elles sont ouvertes mais en réalité elles sont fermées sur un secret qu'elles seules savent.

On ne sait pas au juste ce qu'on vient chercher. Ce qu'on sait c'est que s'il y a quelque chose à trouver, c'est ici, dans la chambre.

Dans l'un des tiroirs des tables de chevet se trouve un dictionnaire. Au début on étudiait les planches d'anatomie pendant que les parents étaient aux champs. C'est là qu'on allait trouver la réponse. Au début on le croyait, mais peu à peu on a compris que les planches étaient une fausse piste. Aucun des dessins du bas-ventre de l'homme ni même de la femme ne serait en mesure de nous livrer une réponse. Pour la femme le dessin faisait comme un glaïeul, une fleur délicate et compliquée. Au début on regardait avec avidité les endroits reliés à des mots par une flèche. Les noms on les connaissait par cœur, Ovaire, Trompe de Fallope, on était surtout impressionnées par Fallope et puis avec le temps, les noms et les images ont perdu leur pouvoir de sidération. Leurs terribles syllabes avaient perdu de leur superbe, on les avait apprivoisées, Ovaire et même Fallope. Maintenant quand on va à la chambre, le dictionnaire, on l'ouvre même plus. Seule la commode garde intact son pouvoir d'attraction. On le sait, c'est elle qui va nous mener vers la réponse. Tout de suite, maintenant, dès qu'on entre on se dirige vers elle on regarde plus rien d'autre on fait plus de halte. On s'accroupit devant, ça nous fait un point dans le ventre, chaque fois on pense c'est pour aujourd'hui la réponse. On sait que la surprise excédera tout ce qu'on aura pu imaginer. D'un geste assuré Else ouvre le deuxième tiroir en partant du bas. L'après-midi peut commencer.

Elle extrait une boîte en carton du fond du tiroir et la pose par terre.

« Tiens, t'as le droit d'ouvrir. »

Je retire d'abord le couvercle puis écarte le plus soigneusement que je peux les deux pans du papier de soie blanc. Après j'ai plus le droit, ma tâche s'arrête là. Else prend la relève, se lève et s'assoit sur le lit. Elle écarte encore plus les pans du papier de soie et extirpe le contenu de la boîte. À mon tour je prends place sur le couvre-lit de dentelles. Avec le plus grand soin elle extrait deux bandes de nylon couleur chair. Deux bas de femme bordés à chaque extrémité d'une bande de couleur plus sombre, l'une correspond au bout du pied, l'autre à la cuisse, à l'endroit où on les attache.

Le partage des tâches décrété par Else est juste, je n'aurais jamais pu sortir les bas avec autant de précaution. Elle les a sortis l'un après l'autre, en prenant bien soin de les tirer vers le haut avec sa main sans forcer. Maintenant elle les pose sur le couvre-lit en passant la paume de sa main dessus pour les lisser. L'opération est délicate, à tout moment on risque de rester accroché avec un ongle. Sur le lit on peut désormais voir deux jambes de femme, leur couleur et leur forme, avec à leur extrémité la forme des pieds. Else et moi on regarde on gobe la forme et la couleur chair, la matière brune, chatoyante.

« J'aimerais bien les enfiler juste une fois pour voir », je dis chaque fois.

Else ne répond rien. Chaque fois que je dis une chose impossible elle ne répond rien. Manière de me renvoyer à mon impasse. Peut-être parce qu'elle aussi a envie de les essayer. Elle le fera pas l'opération est trop risquée, la matière trop délicate. On se ferait pincer. Le nylon moiré appelle le toucher c'est plus fort que nous on voudrait savoir ce que ça fait de l'entendre crisser. Je voudrais toucher juste une fois passer la paume de mes mains dessus pour sentir pour entendre crisser, pas pour les essayer. Je pourrais rester accrochée avec un ongle, même si j'en ai pas, d'ongle et Else non plus d'ailleurs. « Et puis tes doigts sont tout le temps collants », dit Else, même quand je les lave au savon il en reste encore. Ceux d'Else sont plus nets. Quand on grandit, on perd cette sorte de colle qu'on a toujours aux mains, on reste moins accroché aux choses. Mais Else non plus ne le fait pas, essayer les bas, même avec des mains plus propres. Elle le sait, un accroc et ça fait aussitôt une échelle qui court à la seconde le long du bas. La tentation du désastre la tenaille aussi, je le sais, ça lui fait trop envie de la voir, elle aussi, l'échelle filer en un rien de temps du haut en bas, étoile de malheur. Quant à moi, mieux vaut ne pas toucher du tout. Quand la tentation est trop forte, Else met soudain fin au dilemme, elle plie d'un coup les bas et les repose dans la boîte en écartant de nouveau les deux pans de papier de soie.

Elle s'accroupit encore une fois devant la commode, range la boîte dans le tiroir et en retire une autre qu'elle rapporte elle aussi sur le couvre-lit. Celle-ci est plus grande, des lettres dorées sont gravées sur le couvercle. Else en extirpe un vêtement en nylon de couleur poudre. Elle le sort d'abord par les bretelles puis le tire sur toute la longueur et l'étend sur le lit. C'est maintenant une combinaison de femme en nylon beige qu'on a devant les yeux. Puis, comme pour les bas, elle passe la paume de sa main sur la matière pour la lisser. Le décolleté est bordé d'un liséré de dentelles blanches, les mêmes ourlent le bas. On dit rien avec Else, on regarde la combinaison, on la gobe tant qu'on peut. On se repaît de la couleur, pour nous c'est la couleur de ce que les parents font ensemble quand ils sont dans la chambre. Ce qu'ils fabriquent a cette couleur. Une couleur d'apparence douce, neutre mais, en vrai, pénétrante, entêtante.

On garde le meilleur pour la fin. Dans le décolleté bordé de dentelles blanches, à l'endroit prévu pour la poitrine, le tissu bâille un peu, Else et moi, on sait pourquoi.

« Vas-y, commence », dit Else.

Je plonge aussitôt mes deux mains dans le nylon qui bâille sans me demander si mes doigts collent ou pas. Comme le nylon est moins délicat que la matière des bas, j'ai le droit. J'attends pas mon reste, je plonge les deux mains dans les bonnets et en explore les profondeurs je reste comme ça un certain temps, mes deux mains enfouies dans le tissu. Puis c'est au tour d'Else de mettre les mains. Ça nous paraît énorme le bout de nylon et de dentelle qui bâille. Comment notre mère fait pour emplir tout ça ? Même quand Else met les deux mains il reste encore de la place.

Jamais notre corps ne se déformera au point de remplir les deux ballons. Else regarde plus avidement que moi. Le jour où le tissu ne bâillera plus est plus proche pour elle que pour moi. On dit rien parfois ça peut durer un quart d'heure les mains plongées dans l'abîme des bonnets et de nos corps à venir.

Soudain Else décrète la fin.

« Viens, on s'en va. »

Elle plie le tout assez vite sans trop de ménagement et range la boîte dans la commode. Puis d'un pas décidé se dirige vers l'armoire, l'ouvre et en sort la paire de chaussures vernies noires, les flanque par terre et se déchausse pour les enfiler. C'est du 39, son pied arrive au milieu de la chaussure, elle s'en fiche elle fait le tour de la chambre en claudiquant et en appuyant sur les talons pour bien les faire sonner. Elle n'a pas sa tête de d'habitude, elle pince légèrement les lèvres vers le bas, comme si elle avait soudain le dédain. Cette expression on ne la lui connaît pas à la ferme, elle l'a apprise dans les magazines qui parlent de rois et de reines, de Farah Diba dont on aime le nom plus que tout quand elle se promène au bras de son mari avec son collier blanc qui brille à son cou sombre. Comme toujours Else retourne à la commode, ouvre un autre tiroir que celui des bas et de la combinaison, en retire un foulard de mousseline qu'elle attache en capeline à son cou. Elle fait le tour de la chambre comme ça avec son étole et ses souliers perchés. Elle attrape aussi une autre démarche quand elle se déhanche, elle exagère je trouve. Personne ne marche comme ça à la ferme. Les dix centimètres de talon lui donnent le droit, avec l'autre vision du monde vient une autre langue où on ne dit plus « on » mais « l'on ». « Il faut que l'on songe à s'en aller. » On peut quitter la ferme grâce à une simple apostrophe. Que ses pieds ne remplissent pas les chaussures, qu'elles bâillent à l'arrière et sur le côté, Else s'en fiche, du moment qu'elle dit « l'on songe », elle croit que ça compense. Parfois les chaussures ne lui suffisent pas il lui faut aussi le sac à main noir, celui à fermoir doré, elle l'accroche alors fermement à son poignet et refait un tour de pièce. Quand elle redit « on », je comprends que c'est fini, elle range les chaussures et le foulard.

Avant de fermer la porte, on s'assure que tout est en ordre comme lorsqu'on est arrivées. Une dernière fois on trouve décidément suspect l'ordre immuable de la chambre. Rien à faire, Else est formelle. Elle se souvient du désordre qui régnait la nuit où elle est entrée sans frapper parce qu'elle avait fait un cauchemar. Les draps n'importe comment, les couvertures et les vêtements par terre et les corps des parents enchevêtrés dans le fouillis. Else dit qu'elle a pas eu le temps de voir. Elle se souvient juste du désordre des corps qui s'étaient séparés dès qu'elle avait ouvert la porte. Sur ces deux choses elle ne recule pas, pour le reste elle ne sait plus la scène n'a pas assez duré.

La réponse, on le sait, a à voir avec le désordre de la nuit où Else a fait le cauchemar. La réponse est dans la confusion, dans la broussaille, les corps et les couvertures mêlés, les corps qui ont dû brusquement se séparer. C'est là que se trouve la clé, pas dans le parquet ciré dans le couvre-lit à dentelles tendu sans aucun pli, pas non plus dans le secret des glaïeuls. Confusément on sait qu'on vient de l'intérieur de la commode, du noir des fonds de tiroirs. Le contenu de la commode a lui aussi joué un rôle la nuit du cauchemar. Même l'insidieuse couleur poudre, irritante mais pénétrante, la sainte-nitouche de couleur a participé. Else n'a pas eu la fièvre cette nuit-là, comme l'a dit la mère le lendemain, elle a tout vu, Else. Ce qu'elle a vu était la réponse même si on ne comprenait pas ce que les parents fabriquaient l'un sur l'autre avec les draps froissés alentour. C'est pour ça qu'on revenait si souvent, qu'on fouillait sans relâche l'intérieur noir des tiroirs.

« J'ai tout vu », dit Else chaque fois.

Elle a tout vu mais elle a rien compris. Depuis elle veut sans cesse retourner à la chambre, plus qu'au trou, plus qu'aux champs. Fouiller jusqu'à ce qu'enfin elle trouve le peu d'éléments qui nous manquent pour reconstituer l'histoire du début à la fin. Plus tard elle comprendrait que les éléments manquants, elle aurait jamais pu les concevoir. Elle est près du dénouement, elle est sûre. Mais elle bute chaque fois sur le fil qui relie les morceaux de l'histoire. Que cachaient les parents cette nuit-là ? Ça l'agace d'avoir autant de pièces à conviction et toujours pas de mobile. Aujourd'hui encore je me demande comment les enfants finissent par savoir mais tous arrivent à leurs fins. Ils mènent l'enquête âprement sans relâche dans différents lieux avec différentes méthodes et ils finissent par trouver. Tous.

Une fois de plus, Else et moi on tourne la poignée sans avoir trouvé.

13

L'enfance est la grande matrice. Les corps des femmes sortent de là, des jeux de l'enfance, plaisir et crainte mêlés, des impatiences criardes, des séances d'ennui muettes, longues, à croire que l'ennui est la salle de projection de l'éternité. Ce qui manque aux petites filles se transforme plus tard en désir, il leur faut manquer pour désirer. Celles qui n'ont manqué de rien ne désireront rien. Ce que les petites filles ont cherché durant leur enfance heure après heure, porte après porte, elles le trouveront à l'âge adulte.

Même si la ferme d'où je viens n'existe plus, je la retrouve quand je veux, intacte, l'exact lieu d'une mémoire ancienne, le périmètre inchangé de la cour, le soupirail, la pièce du bas avec la prairie derrière et les grands soirs qui allongent des ombres violettes aux tilleuls. La ville où j'habite aujourd'hui ne sait rien des saisons. Les bulletins météo ne servent qu'à ceux qui vivent hors d'elle. Ici seuls les vêtements des gens renseignent sur le temps qu'il fait et quelques maigres indices, un arbre en fleur dans un square, une robe d'été sur des bras nus. Ici c'est la même saison tiède et grise qui traverse l'an de janvier à décembre, la même saison indifférente. Le froid ne pique pas l'été ne brûle pas. La ferme, elle, était commandée par des saisons fortes. Le froid piquait l'été brûlait. Le temps qu'il faisait, la ferme le prenait par les cornes, la saison était un taureau.

Notre saison préférée à Else et à moi était de loin l'été. Passé le 1er juillet, les jours se dilataient à perte de vue jusqu'en septembre, un temps infini s'étendait devant nous. De même pendant les moissons la plaine alentour n'en finissait pas de jaunir sous le soleil. Les parcelles moissonnées étaient d'un jaune franc, celles de blé mûr étaient beige-brun. On accompagnait les parents et on restait la journée, Else et moi, accroupies dans le champ parmi l'or des brins de paille coupés, partout alentour une poussière bistre qui colportait une odeur de pain, on ne rêvait pas, même les parents le disaient ça sent le pain. Écrasées de chaleur, trois heures de l'après-midi, à faire quoi dans l'air immobile et brûlant de juillet. En apparence on ne faisait rien, en réalité on cartographiait notre avenir. L'étendue de notre vie future se déroulait devant nous comme la plaine jaune et brumeuse gorgée d'odeur de blé.

On restait des après-midi entiers à la mener, la vie contemplative. Else et moi on les attendait les moments jaunes comme un temps fort de l'année, quand ils arrivaient on faisait corps avec eux. L'été, rien n'était comme pendant les autres moments de l'année. On avait le temps de tout c'était un temps plastique. Le meilleur pour les expériences qui se faisaient à ras de terre avec trois fois rien, juste quelques brins de paille et partout alentour le jaune qui éclaboussait jusqu'à l'horizon. Accroupies dans le cercle de nos genoux on était en rendez-vous d'affaires on traitait avec la minuscule vie qui gigotait entre les brins de paille, une sauterelle grêle et verte qu'on essayait d'attraper dans un bocal on y arrivait pas trois fourmis orphelines on prenait leur indifférence pour du mépris on leur cédait malgré tout le passage. On avait le droit de vie et de mort, contrôleurs des fraudes et des frontières tout-puissants dans notre domaine de terre sèche. L'argile craquelée dessinait un puzzle autour de nous. On était concentrées sur le très petit, on le maîtrisait on savait le nommer, mais quand soudain on levait la tête l'or de la plaine et de l'après-midi nous donnait le vertige. On savait pas au juste ce qu'on était en train de faire mais on savait que c'était important. Dans l'échelle des valeurs des actes de notre vie, manger, jouer, faire ses devoirs, rester accroupi des après-midi entiers dans le champ arrivait en premier, avec fouiller.

Le même vacarme finissait toujours par nous déconcentrer. À l'autre bout du champ surgissait la silhouette d'un gigantesque insecte rouge, un monstre vrombissant qu'on vénérait autant qu'on le haïssait. La moissonneuse-batteuse avec sur le devant un tambour impressionnant qui fauchait avec méthode le blé dans un tourbillon de poussière brune. Comme les parents avaient cru qu'on s'était patiemment ennuyées tout l'après-midi on avait le droit de grimper dans la cabine. On y restait quelque temps puis on demandait à redescendre assez vite, la vie à ras de terre nous plaisait bien plus. Finalement on sautait à terre et on s'éloignait, le bruit et la vue du monstre nous empêchaient de reprendre la vie contemplative. L'après-midi était plié, ils avaient tout gâché avec leur permission de nous laisser grimper dans la cabine pour nous délivrer de l'ennui supposé.

« Viens, on s'en va », lançait Else, se levant d'un bond.

On rentrait à la ferme au passage on ramassait quelques brins de paille. Rentrées à la maison on préparait une bassine d'eau savonneuse dans laquelle on trempait nos pailles. On soufflait dessus et de grosses bulles irisées gonflaient au bout des tiges et finissaient par se détacher d'elles. Puis elles s'envolaient et flottaient dans la cour pendant un petit moment. Le plus souvent elles mouraient aussitôt, des mort-nées qu'on n'avait pas eu le temps de regretter parce qu'on n'avait pas eu le temps de s'y attacher. Pas comme les grosses bulles trimballant dans l'air leur transparence où vacillait un arc-en-ciel. Celles-là on les gardait à l'œil on les choyait on les supportait comme des coureurs sportifs, pour elles on retenait notre souffle de peur qu'elles ne crèvent avant la ligne d'arrivée. Ça se passait toujours à un endroit imprévisible jamais le même, les bulles crevaient d'une mort subite et mystérieuse.

On aimait bien ce jeu mais on se lassait. Les bulles on les trouvait dociles, veules. Elles se laissaient faire, on n'avait qu'à souffler et elles apparaissaient elles étaient au doigt et à l'œil avec nous. On en avait marre de la docilité on préférait ce qui résistait, la grande plaine jaune, le trou de la cour, le noir du tiroir de la commode.

Vite on montait dans la chambre enfiler notre maillot de bain on plongeait dans l'eau de la grosse cuvette en émail qu'on avait mise à chauffer au soleil de la cour et qui nous servait de piscine l'été. On se mettait dans l'eau tiède et on finissait le reste de l'après-midi à se passer mollement une éponge sur le corps.

Un jour dans le champ on avait vu la voisine. Elle venait aider les parents pendant les moissons. À la ferme il ne passait jamais beaucoup de monde. Alors les rares personnes qui passaient, Else et moi, on les ratait pas, on les gobait. La voisine surtout. À cause du soleil de juillet on avait plissé les yeux. La silhouette nous était d'abord apparue, irradiée de jaune, puis on l'avait reconnue, avec son fichu sur la tête. Une femme campée, une terrienne. À cause de l'été continental qui brûlait le champ, elle était venue en tablier. Dessous elle devait n'avoir que des sous-vêtements. On voyait la silhouette avec le tablier, les bras nus, charnus, brunis par l'été. Des bras fermes, assez épais. Else et moi on aimait bien la matière et la couleur de ses bras. Dans l'échancrure de son tablier dans le décolleté on lui voyait une crevasse noire qui lui séparait les deux seins. La vallée profonde, Else et moi, on la gobait encore plus, la crevasse en contre-jour séparait deux mottes de chair luisante et brune. On regardait on était hypnotisées toutes les deux en même temps on se demandait comment c'était dessous les paquets de chair ferme et moite quand elle marchait. On pensait qu'on atteindrait jamais l'âge, qu'on aurait jamais de crevasse, jamais de paquets de chair. Que ça viendrait jamais. Nous on n'était que des angles et des creux. La voisine, elle, avait la chance d'avoir eu tout qui avait poussé, elle n'était que pleins et courbes on serait jamais comme ça. D'ailleurs on avait raison de le penser. Un jour notre tante, pensant être seule avec notre mère, lui avait demandé : « Elle est pas encore formée, ta grande ? », parlant d'Else. On avait tout entendu, on n'en a jamais reparlé Else et moi mais la petite phrase s'était fichée en nous comme un bout de verre, plus lente à cicatriser que les plaies au genou. On savait très bien ce que voulait dire « formée ». Elle est pas encore formée, ta grande ?

La voisine, elle, l'était sans aucun doute. Elle était beaucoup plus jeune que les parents mais c'était déjà une vraie femme. Quand elle venait aider, elle laissait chez elle une portée de marmots, des braillards de première qui n'en finissaient pas de venir au monde. Une bosseuse, cette femme, disaient les parents. Du coup on avait associé la maternité au labeur. On croyait que pour avoir des enfants il fallait beaucoup travailler, ce qui n'est pas faux par ailleurs. Dans le champ écrasé de chaleur la silhouette à contre-jour brûlait comme une torche. De chaleur, mais aussi de jeunesse et de robustesse. C'est son mari qui conduisait la moissonneuse-batteuse. Elle s'est avancée vers nous dans le champ, a bifurqué en direction du monstre rouge, puis a sauté sur le marchepied en s'agrippant à la poignée. Quand elle a sauté pour saisir la barre de la cabine, elle a soulevé son bras et Else et moi on a eu le temps de tout lui voir. Le creux de l'aisselle était plus blanc que le reste des bras et tout au fond du creux nichait une touffe de poils sombres, longs et raides. Une broussaille sèche surgit, alors qu'on ne s'y attendait pas. On savait confusément qu'on n'avait pas le droit de regarder, trop tard on avait tout vu. Dans l'éblouissement du jour d'été, on avait soudain eu une révélation confuse, mais paradoxalement sûre. La broussaille sombre avait à voir avec le contenu de la commode on n'aurait su exactement expliquer pourquoi mais on en était sûres, le dessous des bras de la voisine était à relier à l'énigme de la commode au lit en désordre aux corps des parents l'un sur l'autre. Sans le vouloir, par hasard, on avait progressé dans l'enquête. On avait de plus en plus d'éléments, d'endroits du corps qui avaient joué leur rôle.

Une autre fois la voisine était venue à la ferme, c'était un dimanche. Notre regard avait tout de suite été attiré par ses pieds. On avait d'emblée remarqué qu'elle portait des chaussures inhabituelles des sortes de claquettes noires. On ne voyait dépasser que le bout des doigts de pied dont les ongles étaient vernis de frais. Des pieds assez dodus qu'on trouvait beaux, on regardait tout, les doigts de pied la cambrure la peau ridée des talons, on aimait même la jeune corne qu'on voyait affleurer sous la plante. Pour la beauté d'une femme les pieds comptaient autant que le reste, on s'était dit avec Else.

À la rentrée suivante au cours élémentaire, je n'avais cessé de regarder les chaussures de la nouvelle maîtresse. Des chaussures roses à talons et ouvertes derrière. Elle aussi on lui voyait un peu de corne sous le pied. Jusqu'à l'automne je n'avais pu détacher mon regard des souliers de la maîtresse. Dommage Else n'était pas dans la même classe je ne pouvais pas savoir pour les pieds. Y avait-il quelque chose à voir ou non, pouvait-on compter les chaussures de la maîtresse parmi les éléments qui font progresser l'enquête de la commode ?

La beauté ce serait ça désormais pour nous, une femme qui portait des claquettes l'été, quand elle marchait sur la dalle ça faisait clac clac. Ça lui faisait une démarche altière à la voisine. Clac clac. Impérieuse. Elle pouvait emmerder la terre entière avec ses claquettes et sa démarche, elle pouvait garder la tête haute. Toutes seules, dans cette ferme isolée où il ne passait pratiquement jamais personne, on avait compris ce qu'était la beauté. La beauté d'une femme s'était ancrée comme cela dans nos têtes à Else et à moi, porter les chaussures qu'on veut, garder la tête haute en toute occasion et pouvoir emmerder la terre entière.

Les parents, eux, voulaient nous faire croire que la beauté, c'était notre cousine. Ils voulaient nous la donner en modèle. Dix-huit ans, yeux myosotis, visage diaphane, cheveux cendrés. Voyez, elle est toujours en robe, elle est toujours soignée, ça compte, ça aussi, qu'ils nous disaient. On n'était pas convaincues Else et moi par la cousine, n'en déplaise aux parents, que la beauté ce fût cela des yeux myosotis un visage diaphane et un corps gracile. La voisine nous faisait autrement d'effet. On disait rien aux parents mais notre modèle c'était elle, avec ses bras comme des mottes, sa vallée noire au milieu des seins et ses claquettes clac clac. Plus tard on voulait les mêmes. Clac clac. Et puis la cousine n'était pas une piste pour nous elle n'avait aucun rapport avec le tiroir noir de la commode. C'était pas du côté du myosotis qu'il fallait chercher, pas du côté de l'éther, mais de la matière, de la chair. Il n'y avait rien à trouver dans le bleu des yeux de la cousine, le bleu était une couleur qui ouvrait sur le vide une couleur sans fond une impasse. Le brun de la voisine fourmillait de substances autrement organiques, terrestres. C'est du brun, de la chair, qu'on était sorties, Else et moi, on était sûres.

14

Tôt le matin les rues sont désertes et noires, la ville alors vous appartient, à vous seul et à quelques rares promeneurs avec chien qui se frottent frileusement les mains l'une contre l'autre. Sur les trottoirs mouillés qui brillent sous les lampadaires solitaires, vous vous la partagez. Les matins d'hiver sont les meilleurs moments pour aimer la ville encore indécise, les bruits sont encore mats, distincts et le temps, alangui. Plus tard dans la journée une rumeur confuse s'emparera d'elle et le temps s'étirera comme un chewing-gum, alors elle sera livrée aux bribes de conversations téléphoniques de passants pressés, aux vendeurs de matériel informatique, aux banquiers.

J'ouvre la porte de l'institut j'allume les lampes les unes après les autres abat-jour plafonnier. Dans l'une des cabines du fond Maria finit le ménage. Tous les jours quand elle arrive, elle se change, enfile un jogging gris clair et un teeshirt rose et par-dessus un tablier rose lui aussi mais à petits carreaux. Dans son dos pend une longue tresse noire. Aux pieds elle porte une paire de pantoufles noires brodées de roses fuchsia qu'elle réserve elles aussi exclusivement à son travail. Un jour elle m'a raconté que ses clientes ne souhaitaient plus la voir utiliser de produits détergents puissants. Elle avait droit seulement au liquide vaisselle. Ça ne marchait pas bien selon elle, moins bien que les autres produits en tout cas, les vrais, ceux d'avant, ceux qui avaient encore cours dans son pays.

Une autre fois elle a exhibé un trousseau de clés. Celles de toutes les maisons où elle faisait le ménage, chez des avocates, des médecins, des femmes d'hommes d'affaires. Elle était fière de montrer les clés et surtout d'égrener en même temps les professions. Une douzaine de femmes lui avaient donné le double de leurs clés elle était une femme de confiance.

Sur le bureau à l'entrée je jette un coup d'œil à l'agenda. Toujours pas d'Adèle. Après qu'elle a raconté l'histoire du matin où elle a été tondue, elle n'est plus jamais revenue. Le matin d'octobre a été sa dernière histoire. Dans quel trou de vie ou de mort elle a disparu, je ne sais pas. Je ne l'ai plus jamais revue après cela.

La plupart des noms sur l'agenda, je ne les connais pas, de nouvelles femmes avec de nouvelles histoires. Je me dis pourvu que dans le lot il n'y ait ni femme enceinte ni jeune accouchée. Elles m'insupportent celles-là, avec leur état elles se croient le centre du monde. Dans la cabine elles avancent leur ventre comme des figures de proue, elles vous le mettent sous le nez à tout bout de champ des fois que vous n'auriez rien remarqué. Est-il possible seulement de ne rien voir ? Sous le nez comme un trophée une victoire longtemps attendue enfin advenue. Elles sont enfin quelqu'un maintenant qu'elles sont pleines, elles se croient supérieures à vous qui êtes vide comme une coque à vous qui vivez pour vous seule dans les jours et la vanité des jours. Elles allèguent leur protubérance comme un papier d'identité à croire qu'auparavant elles n'en avaient pas d'identité. Elles se mettent à tout montrer de leur corps alors qu'avant elles le maintenaient caché le col bien boutonné jusqu'au dernier elles en deviennent obscènes fières comme des paonnes elles arborent leur utérus. Elles ont leurs expressions à elles qu'elles se murmurent entre elles, elles ne fréquentent plus que celles de leur confrérie les autres peuvent pas comprendre. Les femmes enceintes comme les jeunes mères ne parlent que de leurs petites affaires. Je m'embête je pense à autre chose. Certaines s'en aperçoivent, le prennent mal et vont voir des collègues, je les reverrai jamais bon débarras. Parfois leurs propres maris fichent le camp tellement ils en ont marre eux aussi.

De toutes les femmes Adèle est la seule à avoir vécu complètement sa vie. Peut-être seulement pendant la guerre vit-on sa vie. Les femmes que je vois tous les jours dans cette ville ne vivent rien, elles n'ont que de pauvres petites histoires. À l'exception de Grâce, peut-être, mais Grâce est un être à part, un être à la vie intermittente. Elle ne vit qu'à certains moments, les beaux soirs d'été quand la lumière rose et transparente se dilate dans le paysage. Le reste du temps on ne sait pas ce qu'elle fabrique. Quant à Alix, elle ne sait même pas qu'un homme qui sent votre odeur et qui vous le dit est un homme à qui il faut dire oui. La femme du boucher, elle, a épousé un mari qui n'était pas celui de ses rêves d'enfant avec sa sœur dans le lit dans le noir. Les prénoms qu'elle a choisis pour ses enfants avec sa sœur dans le lit dans le noir n'étaient pas ceux qu'elle a choisis avec le boucher. Peut-être est-elle partie avec le boucher parce qu'il était temps d'avoir des enfants. Les femmes vivent dans l'idée qu'il leur faut des enfants l'idée ne les quitte pas. C'est pourquoi la femme du boucher a froid derrière le bouquet de tulipes de la boucherie, pour ça qu'elle grelotte à l'année sous son anorak sans manches. Pour ça que sa peau est blanche et marbrée, que le sang circule mal.

Je n'aime pas les arrangements entre les gens j'aime que les gens aillent au bout de leur vie je n'aime pas quand les hommes et les femmes contractent des arrangements entre eux. Après on le sent dans leurs appartements au milieu de l'odeur âcre de l'eau des fleurs qu'on a oublié de changer, au milieu des couches des enfants des puzzles renversés sur la moquette des cubes qui traînent dans les séjours, chaque vase chaque jouet suinte par la suite cette chose cet arrangement. Dans cette maison il y a eu un arrangement, dans cette maison les gens n'ont pas vécu leur vie complètement.

Je n'aime pas quand les choses sont finies, je n'aime pas les femmes comblées, tout le monde pense qu'elles sont heureuses elles ont tout pour l'être. Je ne le pense pas, elles ne sont pas heureuses j'aime mieux les femmes à qui il manque quelque chose celles qui désirent à celles qui possèdent. J'aime mieux celles qui continuent d'attendre qui continuent de palpiter. Les autres sont déjà mortes comme des poissons.

Les lampes sont maintenant toutes allumées. Dehors le jour n'a toujours pas gagné la partie et pourtant il est plus de huit heures et demie. Les matins et les soirs sont de bons moments pour penser à la Suède, le pays d'où je ne viens pas. À l'horizon le front de l'aurore doit se mettre en place et la lumière blanche d'hiver, propre à ce pays, commencer à poudroyer. Sans doute sous le vent froid, mais encore doux, les arbustes, dont on dirait toujours que ce sont des bouleaux mais ce n'en sont pas, doivent être penchés parmi les dunes de sable presque blanc.

DU MÊME AUTEUR

Aux Éditions Buchet-Chastel

LES APRÈS-MIDI, ÇA DEVRAIT PAS EXISTER

DES LOUVES

CORPS (Folio n° 5376)

COLLECTION FOLIO

Dernières parutions

4990. George Eliot	*Daniel Deronda, 1*
4991. George Eliot	*Daniel Deronda, 2*
4992. Jean Giono	*J'ai ce que j'ai donné*
4993. Édouard Levé	*Suicide*
4994. Pascale Roze	*Itsik*
4995. Philippe Sollers	*Guerres secrètes*
4996. Vladimir Nabokov	*L'exploit*
4997. Salim Bachi	*Le silence de Mahomet*
4998. Albert Camus	*La mort heureuse*
4999. John Cheever	*Déjeuner de famille*
5000. Annie Ernaux	*Les années*
5001. David Foenkinos	*Nos séparations*
5002. Tristan Garcia	*La meilleure part des hommes*
5003. Valentine Goby	*Qui touche à mon corps je le tue*
5004. Rawi Hage	*De Niro's Game*
5005. Pierre Jourde	*Le Tibet sans peine*
5006. Javier Marías	*Demain dans la bataille pense à moi*
5007. Ian McEwan	*Sur la plage de Chesil*
5008. Gisèle Pineau	*Morne Câpresse*
5009. Charles Dickens	*David Copperfield*
5010. Anonyme	*Le Petit-Fils d'Hercule*
5011. Marcel Aymé	*La bonne peinture*
5012. Mikhaïl Boulgakov	*J'ai tué*
5013. Arthur Conan Doyle	*L'interprète grec et autres aventures de Sherlock Holmes*
5014. Frank Conroy	*Le cas mystérieux de R.*
5015. Arthur Conan Doyle	*Une affaire d'identité et autres aventures de Sherlock Holmes*
5016. Cesare Pavese	*Histoire secrète*

5017. Graham Swift	*Le sérail*
5018. Rabindranath Tagore	*Aux bords du Gange*
5019. Émile Zola	*Pour une nuit d'amour*
5020. Pierric Bailly	*Polichinelle*
5022. Alma Brami	*Sans elle*
5023. Catherine Cusset	*Un brillant avenir*
5024. Didier Daeninckx	*Les figurants. Cités perdues*
5025. Alicia Drake	*Beautiful People. Saint Laurent, Lagerfeld : splendeurs et misères de la mode*
5026. Sylvie Germain	*Les Personnages*
5027. Denis Podalydès	*Voix off*
5028. Manuel Rivas	*L'Éclat dans l'Abîme*
5029. Salman Rushdie	*Les enfants de minuit*
5030. Salman Rushdie	*L'Enchanteresse de Florence*
5031. Bernhard Schlink	*Le week-end*
5032. Collectif	*Écrivains fin-de-siècle*
5033. Dermot Bolger	*Toute la famille sur la jetée du Paradis*
5034. Nina Bouraoui	*Appelez-moi par mon prénom*
5035. Yasmine Char	*La main de Dieu*
5036. Jean-Baptiste Del Amo	*Une éducation libertine*
5037. Benoît Duteurtre	*Les pieds dans l'eau*
5038. Paula Fox	*Parure d'emprunt*
5039. Kazuo Ishiguro	*L'inconsolé*
5040. Kazuo Ishiguro	*Les vestiges du jour*
5041. Alain Jaubert	*Une nuit à Pompéi*
5042. Marie Nimier	*Les inséparables*
5043. Atiq Rahimi	*Syngué sabour. Pierre de patience*
5044. Atiq Rahimi	*Terre et cendres*
5045. Lewis Carroll	*La chasse au Snark*
5046. Joseph Conrad	*La Ligne d'ombre*
5047. Martin Amis	*La flèche du temps*
5048. Stéphane Audeguy	*Nous autres*
5049. Roberto Bolaño	*Les détectives sauvages*
5050. Jonathan Coe	*La pluie, avant qu'elle tombe*
5051. Gérard de Cortanze	*Les vice-rois*

5052. Maylis de Kerangal — *Corniche Kennedy*
5053. J.M.G. Le Clézio — *Ritournelle de la faim*
5054. Dominique Mainard — *Pour Vous*
5055. Morten Ramsland — *Tête de chien*
5056. Jean Rouaud — *La femme promise*
5057. Philippe Le Guillou — *Stèles à de Gaulle* suivi de *Je regarde passer les chimères*
5058. Sempé-Goscinny — *Les bêtises du Petit Nicolas. Histoires inédites - 1*
5059. Érasme — *Éloge de la Folie*
5060. Anonyme — *L'œil du serpent. Contes folkloriques japonais*
5061. Federico García Lorca — *Romancero gitan*
5062. Ray Bradbury — *Le meilleur des mondes possibles* et autres nouvelles
5063. Honoré de Balzac — *La Fausse Maîtresse*
5064. Madame Roland — *Enfance*
5065. Jean-Jacques Rousseau — *«En méditant sur les dispositions de mon âme...»*
5066. Comtesse de Ségur — *Ourson*
5067. Marguerite de Valois — *Mémoires*
5068. Madame de Villeneuve — *La Belle et la Bête*
5069. Louise de Vilmorin — *Sainte-Unefois*
5070. Julian Barnes — *Rien à craindre*
5071. Rick Bass — *Winter*
5072. Alan Bennett — *La Reine des lectrices*
5073. Blaise Cendrars — *Le Brésil. Des hommes sont venus*
5074. Laurence Cossé — *Au Bon Roman*
5075. Philippe Djian — *Impardonnables*
5076. Tarquin Hall — *Salaam London*
5077. Katherine Mosby — *Sous le charme de Lillian Dawes Rauno Rämekorpi*
5078. Arto Paasilinna — *Les dix femmes de l'industriel*
5079. Charles Baudelaire — *Le Spleen de Paris*
5080. Jean Rolin — *Un chien mort après lui*
5081. Colin Thubron — *L'ombre de la route de la Soie*
5082. Stendhal — *Journal*
5083. Victor Hugo — *Les Contemplations*

5084. Paul Verlaine | *Poèmes saturniens*
5085. Pierre Assouline | *Les invités*
5086. Tahar Ben Jelloun | *Lettre à Delacroix*
5087. Olivier Bleys | *Le colonel désaccordé*
5088. John Cheever | *Le ver dans la pomme*
5089. Frédéric Ciriez | *Des néons sous la mer*
5090. Pietro Citati | *La mort du papillon. Zelda et Francis Scott Fitzgerald*
5091. Bob Dylan | *Chroniques*
5092. Philippe Labro | *Les gens*
5093. Chimamanda Ngozi Adichie | *L'autre moitié du soleil*
5094. Salman Rushdie | *Haroun et la mer des histoires*
5095. Julie Wolkenstein | *L'Excuse*
5096. Antonio Tabucchi | *Pereira prétend*
5097. Nadine Gordimer | *Beethoven avait un seizième de sang noir*
5098. Alfred Döblin | *Berlin Alexanderplatz*
5099. Jules Verne | *L'Île mystérieuse*
5100. Jean Daniel | *Les miens*
5101. Shakespeare | *Macbeth*
5102. Anne Bragance | *Passe un ange noir*
5103. Raphaël Confiant | *L'Allée des Soupirs*
5104. Abdellatif Laâbi | *Le fond de la jarre*
5105. Lucien Suel | *Mort d'un jardinier*
5106. Antoine Bello | *Les éclaireurs*
5107. Didier Daeninckx | *Histoire et faux-semblants*
5108. Marc Dugain | *En bas, les nuages*
5109. Tristan Egolf | *Kornwolf. Le Démon de Blue Ball*
5110. Mathias Énard | *Bréviaire des artificiers*
5111. Carlos Fuentes | *Le bonheur des familles*
5112. Denis Grozdanovitch | *L'art difficile de ne presque rien faire*
5113. Claude Lanzmann | *Le lièvre de Patagonie*
5114. Michèle Lesbre | *Sur le sable*
5115. Sempé | *Multiples intentions*
5116. R. Goscinny/Sempé | *Le Petit Nicolas voyage*
5117. Hunter S. Thompson | *Las Vegas parano*

5118. Hunter S. Thompson	*Rhum express*
5119. Chantal Thomas	*La vie réelle des petites filles*
5120. Hans Christian Andersen	*La Vierge des glaces*
5121. Paul Bowles	*L'éducation de Malika*
5122. Collectif	*Au pied du sapin*
5123. Vincent Delecroix	*Petit éloge de l'ironie*
5124. Philip K. Dick	*Petit déjeuner au crépuscule*
5125. Jean-Baptiste Gendarme	*Petit éloge des voisins*
5126. Bertrand Leclair	*Petit éloge de la paternité*
5127. Musset-Sand	*« Ô mon George, ma belle maîtresse... »*
5128. Grégoire Polet	*Petit éloge de la gourmandise*
5129. Paul Verlaine	*Histoires comme ça*
5130. Collectif	*Nouvelles du Moyen Âge*
5131. Emmanuel Carrère	*D'autres vies que la mienne*
5132. Raphaël Confiant	*L'Hôtel du Bon Plaisir*
5133. Éric Fottorino	*L'homme qui m'aimait tout bas*
5134. Jérôme Garcin	*Les livres ont un visage*
5135. Jean Genet	*L'ennemi déclaré*
5136. Curzio Malaparte	*Le compagnon de voyage*
5137. Mona Ozouf	*Composition française*
5138. Orhan Pamuk	*La maison du silence*
5139. J.-B. Pontalis	*Le songe de Monomotapa*
5140. Shûsaku Endô	*Silence*
5141. Alexandra Strauss	*Les démons de Jérôme Bosch*
5142. Sylvain Tesson	*Une vie à coucher dehors*
5143. Zoé Valdés	*Danse avec la vie*
5144. François Begaudeau	*Vers la douceur*
5145. Tahar Ben Jelloun	*Au pays*
5146. Dario Franceschini	*Dans les veines ce fleuve d'argent*
5147. Diego Gary	*S. ou L'espérance de vie*
5148. Régis Jauffret	*Lacrimosa*
5149. Jean-Marie Laclavetine	*Nous voilà*
5150. Richard Millet	*La confession négative*
5151. Vladimir Nabokov	*Brisure à senestre*
5152. Irène Némirovsky	*Les vierges et autres nouvelles*
5153. Michel Quint	*Les joyeuses*

5154.	Antonio Tabucchi	*Le temps vieillit vite*
5155.	John Cheever	*On dirait vraiment le paradis*
5156.	Alain Finkielkraut	*Un cœur intelligent*
5157.	Cervantès	*Don Quichotte I*
5158.	Cervantès	*Don Quichotte II*
5159.	Baltasar Gracian	*L'Homme de cour*
5160.	Patrick Chamoiseau	*Les neuf consciences du Malfini*
5161.	François Nourissier	*Eau de feu*
5162.	Salman Rushdie	*Furie*
5163.	Ryûnosuke Akutagawa	*La vie d'un idiot*
5164.	Anonyme	*Saga d'Eiríkr le Rouge*
5165.	Antoine Bello	*Go Ganymède!*
5166.	Adelbert von Chamisso	*L'étrange histoire de Peter Schlemihl*
5167.	Collectif	*L'art du baiser*
5168.	Guy Goffette	*Les derniers planteurs de fumée*
5169.	H.P. Lovecraft	*L'horreur de Dunwich*
5170.	Tolstoï	*Le Diable*
5171.	J.G. Ballard	*La vie et rien d'autre*
5172.	Sebastian Barry	*Le testament caché*
5173.	Blaise Cendrars	*Dan Yack*
5174.	Philippe Delerm	*Quelque chose en lui de Bartleby*
5175.	Dave Eggers	*Le grand Quoi*
5176.	Jean-Louis Ezine	*Les taiseux*
5177.	David Foenkinos	*La délicatesse*
5178.	Yannick Haenel	*Jan Karski*
5179.	Carol Ann Lee	*La rafale des tambours*
5180.	Grégoire Polet	*Chucho*
5181.	J.-H. Rosny Aîné	*La guerre du feu*
5182.	Philippe Sollers	*Les Voyageurs du Temps*
5183.	Stendhal	*Aux âmes sensibles* (À paraître)
5184.	Dumas	*La main droite du sire de Giac* et autres nouvelles
5185.	Wharton	*Le Miroir* suivi de *Miss Mary Parks*

5186. Antoine Audouard	*L'Arabe*
5187. Gerbrand Bakker	*Là-haut, tout est calme*
5188. David Boratav	*Murmures à Beyoğlu*
5189. Bernard Chapuis	*Le rêve entouré d'eau*
5190. Robert Cohen	*Ici et maintenant*
5191. Ananda Devi	*Le sari vert*
5192. Pierre Dubois	*Comptines assassines*
5193. Pierre Michon	*Les Onze*
5194. Orhan Pamuk	*D'autres couleurs*
5195. Noëlle Revaz	*Efina*
5196. Salman Rushdie	*La terre sous ses pieds*
5197. Anne Wiazemsky	*Mon enfant de Berlin*
5198. Martin Winckler	*Le Chœur des femmes*
5199. Marie NDiaye	*Trois femmes puissantes*
5200. Gwenaëlle Aubry	*Personne*
5201. Gwenaëlle Aubry	*L'isolée* suivi de *L'isolement*
5202. Karen Blixen	*Les fils de rois* et autres contes
5203. Alain Blottière	*Le tombeau de Tommy*
5204. Christian Bobin	*Les ruines du ciel*
5205. Roberto Bolaño	*2666*
5206. Daniel Cordier	*Alias Caracalla*
5207. Erri De Luca	*Tu, mio*
5208. Jens Christian Grøndahl	*Les mains rouges*
5209. Hédi Kaddour	*Savoir-vivre*
5210. Laurence Plazenet	*La blessure et la soif*
5211. Charles Ferdinand Ramuz	*La beauté sur la terre*
5212. Jón Kalman Stefánsson	*Entre ciel et terre*
5213. Mikhaïl Boulgakov	*Le Maître et Marguerite*
5214. Jane Austen	*Persuasion*
5215. François Beaune	*Un homme louche*
5216. Sophie Chauveau	*Diderot, le génie débraillé*
5217. Marie Darrieussecq	*Rapport de police*
5218. Michel Déon	*Lettres de château*
5219. Michel Déon	*Nouvelles complètes*
5220. Paula Fox	*Les enfants de la veuve*
5221. Franz-Olivier Giesbert	*Un très grand amour*
5222. Marie-Hélène Lafon	*L'Annonce*

5223. Philippe Le Guillou	*Le bateau Brume*
5224. Patrick Rambaud	*Comment se tuer sans en avoir l'air*
5225. Meir Shalev	*Ma Bible est une autre Bible*
5226. Meir Shalev	*Le pigeon voyageur*
5227. Antonio Tabucchi	*La tête perdue de Damasceno Monteiro*
5228. Sempé-Goscinny	*Le Petit Nicolas et ses voisins*
5229. Alphonse de Lamartine	*Raphaël*
5230. Alphonse de Lamartine	*Voyage en Orient*
5231. Théophile Gautier	*La cafetière* et autres contes fantastiques
5232. Claire Messud	*Les Chasseurs*
5233. Dave Eggers	*Du haut de la montagne, une longue descente*
5234. Gustave Flaubert	*Un parfum à sentir ou les Baladins* suivi de *Passion et vertu*
5235. Carlos Fuentes	*En bonne compagnie* suivi de *La chatte de ma mère*
5236. Ernest Hemingway	*Une drôle de traversée*
5237. Alona Kimhi	*Journal de Berlin*
5238. Lucrèce	*«L'esprit et l'âme se tiennent étroitement unis»*
5239. Kenzaburô Ôé	*Seventeen*
5240. P.G. Wodehouse	*Une partie mixte à trois* et autres nouvelles du green
5241. Melvin Burgess	*Lady*
5242. Anne Cherian	*Une bonne épouse indienne*
5244. Nicolas Fargues	*Le roman de l'été*
5245. Olivier Germain-Thomas	*La tentation des Indes*
5246. Joseph Kessel	*Hong-Kong et Macao*
5247. Albert Memmi	*La libération du Juif*
5248. Dan O'Brien	*Rites d'automne*
5249. Redmond O'Hanlon	*Atlantique Nord*
5250. Arto Paasilinna	*Sang chaud, nerfs d'acier*

5251. Pierre Péju	*La Diagonale du vide*
5252. Philip Roth	*Exit le fantôme*
5253. Hunter S. Thompson	*Hell's Angels*
5254. Raymond Queneau	*Connaissez-vous Paris ?*
5255. Antoni Casas Ros	*Enigma*
5256. Louis-Ferdinand Céline	*Lettres à la N.R.F.*
5257. Marlena de Blasi	*Mille jours à Venise*
5258. Éric Fottorino	*Je pars demain*
5259. Ernest Hemingway	*Îles à la dérive*
5260. Gilles Leroy	*Zola Jackson*
5261. Amos Oz	*La boîte noire*
5262. Pascal Quignard	*La barque silencieuse (Dernier royaume, VI)*
5263. Salman Rushdie	*Est, Ouest*
5264. Alix de Saint-André	*En avant, route !*
5265. Gilbert Sinoué	*Le dernier pharaon*
5266. Tom Wolfe	*Sam et Charlie vont en bateau*
5267. Tracy Chevalier	*Prodigieuses créatures*
5268. Yasushi Inoué	*Kôsaku*
5269. Théophile Gautier	*Histoire du Romantisme*
5270. Pierre Charras	*Le requiem de Franz*
5271. Serge Mestre	*La Lumière et l'Oubli*
5272. Emmanuelle Pagano	*L'absence d'oiseaux d'eau*
5273. Lucien Suel	*La patience de Mauricette*
5274. Jean-Noël Pancrazi	*Montecristi*
5275. Mohammed Aïssaoui	*L'affaire de l'esclave Furcy*
5276. Thomas Bernhard	*Mes prix littéraires*
5277. Arnaud Cathrine	*Le journal intime de Benjamin Lorca*
5278. Herman Melville	*Mardi*
5279. Catherine Cusset	*New York, journal d'un cycle*
5280. Didier Daeninckx	*Galadio*
5281. Valentine Goby	*Des corps en silence*
5282. Sempé-Goscinny	*La rentrée du Petit Nicolas*
5283. Jens Christian Grøndahl	*Silence en octobre*
5284. Alain Jaubert	*D'Alice à Frankenstein (Lumière de l'image, 2)*
5285. Jean Molla	*Sobibor*
5286. Irène Némirovsky	*Le malentendu*

Composition Nord Compo
Impression Novoprint
le 3 mars 2012
Dépôt légal : mars 2012
ISBN 978-2-07-044358-1/Imprimé en Espagne.